EL AMANTE DIABÓLICO
CATHRYN DE BOURGH

El amante diabólico

Cathryn de Bourgh

El amante diabólico
Cathryn de Bourgh

Capítulo 1

Phoebe Hillton observó su anillo de compromiso con expresión traviesa y triunfal: lo había conseguido, en tres meses sería su boda y debía sentirse feliz y satisfecha pues había conseguido prometerse a sir Edward Bentham; un magnífico partido. Un hombre guapo, de buena familia y muy rico. Bueno, para eso la habían educado con tanto esmero. Sin embargo... Esa noche la fiesta, el salón, las miradas de sus admiradores la hacían sentir levemente turbada. Porque algunos de esos jóvenes la habían besado y ahora la miraban con cierta sorna mientras su prometido la exhibía como su más cara posesión. Acababa de prometerse al heredero de un importante señorío y sus padres la miraron satisfechos.

Ella sin embargo seguía flirteado de vez en cuando, disfrutando las miradas, aunque sin llegar más allá. Había sido coqueta, todavía lo era, aunque debía ser muy cuidadosa con su reputación, porque si Edward se enteraba de sus tanteos... Bueno, no todos los caballeros pasaban por alto esas picardías. Travesuras sí, nada importantes. Flirteos, charlas, besos a escondidas y algunas caricias.

Se estremeció al recordar a Malcolm el primogénito de los Cavendish. Sus besos habían sido... Ardientes, apasionados y recordarlos la turbaba. Desde niña había estado enamorada de ese joven, siempre había sido alto, apuesto y fuerte, con el cabello oscuro y los ojos casi negros como los héroes de las novelas góticas. Suspiraba por ese joven a pesar de saber que no podía casarse con él. Bueno él tampoco se lo había pedido en realidad...

La voz de su madre la despertó de sus recuerdos.

—Phoebe, hija, ven, quiero presentarte a un amigo a tu padre que recién ha llegado del extranjero—dijo.

Su prometido le sonrió y la dejó ir. Era un hombre de temperamento tranquilo, un verdadero caballero. Haberle atrapado había sido toda una hazaña que le había llevado unos pocos meses y lo había logrado. El solterón más codiciado de New Forest y heredero del señorío de Merton estaba en sus manos...

La joven avanzó con su vestido azul de terciopelo y escote y mangas de encaje con la mirada baja, sabía fingirse candorosa cuando le convenía, así había pescado a su heredero, debía ser uno de los pocos caballeros del condado que la consideraban muy tímida y nada coqueta... Y bella. No dejaba de mirarla, nada más ser presentados se mostró interesado en la señorita Hillton y buscó oportunidades para acercarse y tener una amistad.

Ella olvidó sus tonteos al instante: debía atrapar a ese pretendiente, Dios santo, sabía que jamás pescaría uno mejor.

Phoebe tenía dieciocho años, todos creían que era muy joven para casarse, sin embargo, ya no era una niña, su cuerpo había madurado prematuramente. Todos los hombres se acercaban a la señorita Hillton como moscas, ella despertaba un deseo insoportable, aún a la distancia como en esos momentos.

Ahora estaba a salvo, pronto sería la esposa de sir Willmond, su madre suspiró, no veía la hora de casar a la más traviesa y hermosa de sus hijas. Pues todo lo que tenía Phoebe de bonita y graciosilla lo tenía de coqueta y pícara. Al menos tenía la certeza de que era virgen todavía, que sus devaneos no habían sido más que besos sin embargo su marido estaba inquieto, no era tonto, la jovencita no era como sus hermanas, le gustaba mucho mirar muchachos y mirarlos sin ropa en el río...

Lady Hillton se sonrojó mientras recordaba la vez que pescó a su hija espiando a los mozos en el campo, tenía trece años y lloró cuando le dio una zurra diciendo "solo quería ver mamá, ¿qué tiene de malo?" Ella sintió tanta pena, no era una niña malvada, al contrario; era tan dulce y encantadora, solo que había heredado el temperamento especial de cierta parienta suya que le gustaban muchos los muchachos de niña y luego de adulta... Su tía Lidia, que en paz descanse.

—Madre, debo regresar con Edward—dijo su hija disimulando un bostezo, porque cuando su padre se ponía a hablar de política era un infierno, más cuando encontraba a un viejo amigo con información fresca de América sobre guerras, líderes y demás. Nada la aburría más que oír hablar de ese tema y buscó la excusa perfecta: debía regresar con su prometido.

Lady Amalia Hillton la vio escabullirse con una sonrisa algo nerviosa. No veía la hora de que esa boda se celebrara y su hija estuviera a salvo en Merton house, para siempre. Adoraba a su pequeña a pesar de estar preocupada por su futuro, todo estaba perfectamente ahora y, sin embargo, tenía un mal presentimiento. Porque Phoebe no solo despertaba admiración y deseo en los caballeros, también despertaba rabia y envidia entre sus amigas y en especial esas matronas casamenteras que estaban desesperadas por casar a sus hijas y no hacían más que perseguir al primer hombre soltero de mediana o escasa fortuna que llegara al condado. Sir Edward había sido perseguido sin piedad y jamás demostró interés por ninguna de esas damiselas casaderas hasta que conoció a su hija...

La jovencita en cambio, ajena a las preocupaciones de su madre disfrutaba la fiesta y conversaba animadamente con sus amigas Ernestina y Camilla sobre su futura boda, cómo sería el vestido, la fiesta, cuando de pronto lo vio a él: a Malcolm Cavendish y se estremeció. Alto, guapo y con un traje negro, sus ojos también la vieron y sonrió. Una sonrisa cómplice y extraña que le recordaba que habían tenido un flirteo algo *intenso*.

La jovencita se sonrojó sin poder evitarlo y cuando él se acercó a saludarla tembló como una hoja y se sintió furiosa por eso, no era una tonta colegiala, y se había besado con otros jóvenes sin embargo su enamoramiento por Cavendish había sido antiguo y las últimas veces...

—Felicitaciones por su compromiso señorita Hillton—dijo él luego de besar su mano mientras la miraba con intensidad. Había en su mirada una mezcla de deseo y rabia, ¿y tal vez celos? No estaba segura. Cavendish era un hombre extraño, reservado y aunque se habían besado y sabía que ella estaba loca por él jamás se había pronunciado ni había dicho que tuviera un interés serio.

—Gracias, señor Cavendish—respondió Phoebe entornando los ojos con maliciosa coquetería.

Él se alejó y la joven suspiró, estaba tan guapo, era el hombre más guapo del condado; malvado, loco, misterioso y besaba tan bien... Porque otros la habían besado antes y sin embargo sabía que los besos de Malcolm le habían provocado un cosquilleo y sensaciones que nunca había sentido. Deseo, un deseo inquietante y desesperado.

—¡Qué guapo es! —dijo su amiga Camilla con una sonrisa. Phoebe la miró; su rostro pecoso estaba rojo como una fresa.

—Es el pretendiente más codiciado de la temporada, todas las niñas mueren por él—agregó.

—Y no es rico, bueno, al parecer se necesitan candidatos... Mirad, lady Agatha le ha echado el ojo y planea atraparlo... Esa dama está empecinada en pescarle para una de sus hijas—insistió su otra amiga rubia.

Phoebe hizo un gesto de desdén, fingiendo que eso le importaba un rábano mientras seguía con disimulo los pasos de su antiguo enamorado.

—Es un Cavendish—dijo Cornelia—Y los Cavendish no son buenos maridos, mi madre dijo (bajó la voz) que todas las damas de esa familia terminan muertas o locas y encerradas en alguna habitación lejana de Coventor. Que son déspotas, crueles y siempre quieren *eso*.

Phoebe rio divertida, ¿de veras? Pues a mí no me molestaría, al contrario, me encantaría someterme a diario a los deberes de una buena esposa..." pensó la joven con descaro. Por supuesto que frente a sus amigas se mostró horrorizada por la mala fama de los Cavendish, ella había oído muchas historias sobre esa familia, pero no creía que fueran verdad.

Suspiró sintiendo algo extraño. Le gustaba mucho ese joven, a pesar de saber que no podía casarse con él, sus padres jamás lo aceptarían y en realidad él tampoco se lo había pedido. Solo habían sido unos besos a escondidas, palabras y un tonteo irrelevante.

La joven sonrió, ahora todo sería distinto, se casaría con un importante lord, así que ¿para qué recordar esas cosas?

Cavendish atravesaba el salón cuando fue interceptado por una dama rolliza de voz chillona, lady Agatha.

Estaba ansiosa de presentarle a sus sobrinas, las tres eran niñitas graciosas y regordetas, saludables, el sueño de cualquier hombre ansioso de conseguir una esposa fértil.

—¡Señor Cavendish! —lo llamó otra dama y él detestaba esas presentaciones, que lo vieran como un partido interesante para una niña tonta casadera. ¿Qué ocurría en ese condado? ¿Es que todas las damas necesitaban un marido y pensaban que él sería el candidato adecuado? ¡Pamplinas! Ningún Cavendish podía considerarse un pretendiente modelo, no eran tan ricos como en el pasado y vivían en un caserío antiguo nada floreciente, lleno de maldiciones, historias tétricas... Muchas damas casadas con Cavendish habían terminado de forma trágica, aunque eso al parecer era un detalle poco relevante. Las niñas casaderas eran demasiadas, y hasta el mismo diablo habría sido un buen partido... Un diablo como él... Porque a pesar de no ser tan importante como los Wellington, era un Cavendish y tenía su herencia...

El caballero observó a la joven de vestido azul y hermosa cabellera castaña con expresión sombría, no dejaba de mirarla, de seguir sus pasos y espiarla, y preguntarse... Preguntas que él no quería responder. Phoebe Hillton, la hermosa coqueta de New Forest iba a casarse con el tonto y rico heredero de rostro redondo y mofletudo, con cierta tendencia a la obesidad. Allí estaba ese, observándola embelesado, sintiéndose el hombre más afortunado solo porque en menos de tres meses podría...

La imagen de ese hombre tocándola le provocó náuseas y odio. Estaba furioso y no hacía más que pensar y dar vueltas a ese endiablado asunto.

Phoebe se estremeció al sentir la intensidad de su mirada y se sonrojó, no entendía por qué Cavendish la buscaba, le hablaba, si jamás la había tomado en serio. Bueno, le había dicho preciosa y la había besado y ella había respondido a sus besos no como una jovencita inexperta, a decir verdad.

—¿Qué tiene señorita Hillton? ¿Se siente usted bien? —preguntó de pronto su prometido.

Ella asintió en silencio y poco después notó que Cavendish se había marchado como hacía siempre. Iba a las fiestas solo para verla un momento y luego... Desaparecía.

No había reñido con Cavendish, simplemente se había alejado pues otro caballero de más edad y mejor posición se había fijado en ella: sir Edward Bentham.

Sí, la coqueta Phoebe había tenido la astucia de atraparle, y ahora, en poco tiempo se convertiría en la señora de un hombre noble, y en la dama de una mansión espléndida... Cavendish era parte del pasado y lo sabía, sin embargo, cada vez que se encontraba con su antiguo enamorado sentía cierta incomodidad. Bueno, en realidad *ella* había sido su enamorada, él solo la había besado algunas veces y poco más...

Sus ojos azules miraron hacia abajo y sus labios rojos se torcieron en una mueca.

No sentía nada más que aprecio por quien pronto se convertiría en su esposo y eso era lo ideal según su tía Amelia, no era correcto perder la cabeza ni enamorarse locamente antes de la boda, eso solo ocurría en las novelas.

Sir Edward la había besado algunas veces y en esos besos castos Phoebe había notado que su prometido la deseaba. Estaba loco por ella, por hacerle el amor y sabía que jamás la habría tocado antes de la boda. Era todo un caballero y le doblaba la edad, un hombre serio, de cabello oscuro, alto y porte militar y fríos ojos grises. Conversaba mucho con su padre sobre asuntos del parlamento y también sobre los peligros de quienes viajaban a América en busca de hacer fortuna y morían en manos de esos salvajes llamados indios.

Su padre se acercó nuevamente y ella suspiró, se aburría terriblemente cuando hablaban de indios, o de cuestiones políticas complicadísimas.

Suspiró y luego de que su prometido se alejara, Phoebe fue a comer un bocadillo, estaba hambrienta y aburrida, sin Cavendish la fiesta había dejado de ser atractiva.

******

Phoebe volvió a ver a Cavendish días después, en casa de una amiga de su madre.

Sus padres lo detestaban y al verle entrar casi soltaron un respingo.

"Ese caballero es el diablo Phoebe, aléjate de él por favor. ¡Esos Cavendish matan todo lo que tocan!" Había dicho su madre dramática tiempo atrás al enterarse del flirt.

Porque para su madre no era más que un flirt, un tonteo sin más, de haber sabido que el tonteo incluía besos y caricias en el jardín a escondidas, pues le habría dado un infarto.

En esa ocasión al ver aparecer al joven Cavendish, simplemente palideció y lo miró con una leve sonrisa mientras temblaba, estaba tan guapo con su sobrio traje oscuro de levita.

Se saludaron y conversaron, no recordaba de qué porque de pronto deseó que la besara, que la llevara a los jardínes y...

La llegada aún más inesperada de su prometido puso fin a esos pensamientos. Era la hora del baile y unas parejas se acercaron al centro del salón.

—Me concede el honor de esta pieza señorita Phoebe? —le preguntó sir Edward con tono pomposo mientras sus ojos recorrían con deseo el escote y los apartaba luego avergonzado de sus propios impulsos. Se moría por besarla, por acariciarla, y mientras bailaban se esforzó por mantenerse apartado, sintiendo que su piel ardía y su corazón latía loco, desesperado, mientras todo su ser clamaba por poseerla. Hacía tiempo que no tenía intimidad con una dama, pues luego de que su primera esposa falleciera de gripes hacía años había tenido una amante viuda muy apasionada que visitaba una vez por semana. Luego de prometerse consideró innecesario volver a verla, pronto tendría esposa... Una esposa hermosa y voluptuosa, una virgen con cuerpo de mujer...

Estaba temblando, estaba loco por esa damisela, y se preguntó si sería muy indiscreto adelantar la boda con una dispensa especial.

Ella lo miró con una sonrisa muy recatada, en ocasiones le gustaba mostrarse así.

"No, no sería decoroso adelantar la boda para saciar su lujuria, además la jovencita parecía tímida, tan inocente, y, sin embargo, era seductora como un demonio, su piel tan suave y su olor dulce, femenino lo volvía loco. Sus labios, su mirada azul tan tierna... Era tan afortunado de tenerla, de que fuera su prometida y muy pronto su esposa...

Cuando se separaron pensó ¿y por qué no habría de tener una dispensa? Todo hombre soltero necesita una esposa y Merton la necesita, su familia entera también. ¡Herederos!

Dejó escapar un respingo al ver que la jovencita se alejaba. Tres razones lo habían impulsado a fijarse en la señorita Hillton: su juventud, su belleza lozana y su modestia. No soportaba a las muy delgadas o poco agraciadas y mucho menos a las de mala reputación. Las coquetas lo sacaban de quicio y luego de ser perseguido durante años sin piedad por las niñas casaderas de todos los colores y tamaños... Pues sintió alivio de conocerla porque reunía todo lo que siempre había deseado encontrar en una esposa y luego de tratarla un tiempo y enterarse de que su dote era aceptable, su familia importante y era además sana y no había sombra alguna sobre su reputación...

No muy lejos de allí Phoebe conversaba con unas amigas, totalmente ajena a los planes de su prometido; sus ojos buscaban a Cavendish una y otra vez, no podía evitarlo. Maldita sea, todavía lo amaba, siempre lo había amado, desde que era una niñita y se escapaba en su pony luego de escuchar el aburrido sermón del reverendo Richardson para verle pasar por el camino que llevaba a Coventor.

Y él también la miraba desde el otro extremo del salón sin que se diera cuenta, la miraba con una mezcla de deseo furioso y rabia, despecho, porque se había prometido al heredero más codiciado del condado y pronto sería su esposa.

Se alejó antes de que otra niña casadera quisiera bailar con él, no estaba de humor, ni siquiera para conversar, él no bailaba, prefería agarrar su caballo y correr. Odiaba las fiestas y las tonterías, era un Cavendish, una mezcla de hombre y demonio, un salvaje que hacía sus propias reglas. Esos salones atestados de damitas casaderas y tontos petimetres de cabello enrulado lo enervaban.

¡Solo había ido a verla a ella, diantres! Estaba preciosa con su vestido blanco, como un ángel, un ángel malvado. Porque ella no era la niña inocente que todos creían, le gustaba espiar y se besaba con él en los jardines y también... bueno, no eran besos de niños, eran besos de amantes...

Estaba a punto de marcharse cuando la vio bajando la escalera con su traje beige de raso y encaje, que realzaba su belleza castaña. Sus ojos lo miraron retadores, desafiantes y sus labios se abrieron provocativos. Fue demasiado para él, se acercó y le susurró que quería verla en los jardines para conversar.

Phoebe lo miró sorprendida por lo atrevido de la invitación.

—No puedo verle en los jardines señor Cavendish, no sería correcto —respondió en voz apenas audible.

Él sostuvo su mirada y ella miró a su alrededor vacilante. No era correcto. ¡Oh diablos, quería ir...!

Se reunieron en secreto, escondidos y antes de que pudiera hablar la atrapó y le dio un beso salvaje, apasionado. Ella fingió resistirse...Pero lo disfrutó sintiendo su olor a madera, el olor de su piel, de su cabello... Adoraba el olor Cavendish y mientras la besaba fue llevándola lentamente contra su cuerpo de una forma indecorosa. ¿Estaba loco? Tal vez, aunque le agradaba esa locura... Y cuando sus besos resbalaron por su cuello y escote sintió que se humedecía y su corazón enloquecido palpitaba sin parar.

—¡Déjame, Cavendish! ¿Qué te has creído? Estoy a punto de casarme con sir Edward—dijo de pronto la joven recuperando su sentido común, porque sensata nunca había sido, le encantaba que la besaran y le dijeran que era hermosa, y le gustaba en especial cómo besaba ese hombre, no era un novato, sabía besar, y también acariciarla sin que se sintiera incómoda o...

—Tú no lo quieres ¿verdad? —dijo entonces su antiguo enamorado—Te casas con él para vivir en Merton como una dama importante.

Parecía celoso y ella lo disfrutó.

—Yo no necesito una boda para sentirme importante Cavendish, tú nunca me pediste que fuera tu esposa ¿no es así? Solo quieres aprovecharte de mí—le respondió Phoebe acomodándose el vestido y el cabello.

Él la atrapó y volvió a besarla.

—Estás prometida a ese tonto porque es rico, no me engañas. Eres una coqueta, jamás me casaría con una coqueta como tú—le dijo.

Esas palabras provocaron un raro brillo en sus ojos, sentía deseos de abofetearlo. No lo hizo, no se atrevió, era un hombre grande y le temía.

—Vete al diablo, Cavendish, yo tampoco me casaría con un loco Cavendish golpean a sus esposas y las encierran en la torre hasta que mueren—estalló.

Él rio divertido y no la dejó en paz.

—Suéltame o van a vernos y arruinarás mi reputación—estaba tan furiosa que sintió deseos de llorar, ella no era una coqueta. No la clase de coqueta que él decía tenía sentimientos, tenía corazón... Además, solo se había besado algunas veces con algunos muchachos, no eran tantos, eso no la convertía en una jovencita sin honor ni en una odiosa coqueta que jugaba con todos los hombres.

—Tranquila pequeña, deja de resistirte y dame un beso. Besas muy bien, no eres tan tímida como antes, te besé cuando tenías catorce años ¿lo olvidas? Tu primer beso y te gustó ¿verdad?

Ella se sonrojó al recordar, no podía entender a ese hombre, jugaba con ella, la besaba y le exigía que se reunieran en el jardín y luego decía que jamás podría desposarla porque era una coqueta.

—Sí, lo recuerdo, me diste un susto espantoso Cavendish ¿y sabes qué? No soy una coqueta y no volverás a besarme, no creas que luego podrás buscarme, me casaré con un caballero y no quiero arruinarlo todo, ni permitiré que tú lo hagas.

Hablaba con firmeza y él la dejó ir con expresión pensativa. Era preciosa la pequeña coqueta, tenía una sensualidad, respondía a sus besos de una forma...Imaginaba que no sería una novia gazmoña, sino que estaría ansiosa de probar la intimidad para la que parecía más que preparada. Tantas veces había deseado arrastrarla a la cama y hacerle el amor y se había detenido sabiendo que no podía hacerlo pues a pesar de ser tan osada todavía era virgen. Era atrevida. Mas no lo suficiente para dormir con él, ella siempre se negaba, lo detenía a tiempo como si supiera que excitarlo más era peligroso. Porque él era un caballero, jamás habría forzado a una dama a pesar de que esa coqueta se merecía un buen susto por jugar con él y luego prometerse a otro.

Phoebe regresó con prisa al salón temiendo que alguien notara que había ido a lo más escondido del jardín, ninguna jovencita decente iba a los jardines... Algunas lo hacían sí, arriesgándose a perderlo todo... Una joven sin reputación solo le quedaba esconderse en su casa y dedicarse a cuidar los sobrinos o... Irse del condado hasta que el escándalo se olvidara o... Pues no quería ni pensar en eso ahora, estaba asustada, fue una imprudencia ceder a los requerimientos de ese loco Cavendish. Loco y malvado, que no era poco, llamarla coqueta, decirle que jamás se casaría con ella. ¿Por qué diablos no la dejaba en paz entonces? ¿Qué buscaba ese hombre? ¡Jamás volvería a besarse con él! No, no lo haría, aunque la obligara, pensó mientras entraba en el salón y se reunía con su prometido.

Cavendish tenía otros planes y no se cansó de perseguirla, de aparecer en las fiestas o reuniones a las que iba, de seguir sus pasos desde la oscuridad y espiarla... Siempre la espiaba y ella no lo sabía.

2

Sir Edward en cambio fue a ver al reverendo para conseguir una dispensa especial y adelantar la boda porque esperar tres meses le parecía demasiado. Los padres de la joven no se habían opuesto ni ella tampoco... Ella no había dicho nada en realidad, era una joven muy tímida. Y discreta. Cada vez que la besaba sentía que se volvería loco si no conseguía la bendita dispensa.

Su madre había dicho algo al respecto sobre los rumores. Al diablo no le pediría permiso, era un hombre, tenía treinta años no era un novato ni... Le importaba gran cosa lo que dijeran. Llevaba años buscando una esposa y ahora que la tenía, pues no quería esperar tanto.

Para Phoebe el asunto de la dispensa era algo vergonzoso, para ella lo era y se ponía furiosa cada vez que alguien lo mencionaba porque sabía lo que significaba y casi no iba a fiestas porque todos lo comentaban.

¿Estaría ella preñada por eso sir Edward que era un caballero necesitaba una dispensa?

En ese asunto le estaba prohibido dar su parecer, al principio le hizo gracia "oh, mi prometido desea tener herederos y tiene prisa por..." Y luego, al enterarse de los rumores: maldita sea, ella no quería que dijeran que estaba preñada. Sentía tanta vergüenza de todo aquello y no podía más que sonreír e ignorar esos rumores.

Su madre intentaba consolarla en vano—¡Querida, ignora esos comentarios, son tan maliciosos! Ven aquí, come un dulce...

Siempre quería calmarla con un dulce, o con un trozo de pastel, a veces funcionaba sin embargo en esta ocasión estaba realmente avergonzada. Nunca creyó que un simple cambio de fechas, una bendita dispensa convirtiera su éxito de la temporada al cazar al heredero en un triunfo conseguido con "malas artes, o con artimañas de coqueta".

"Claro, por eso se casa, le tendió una trampa..."

Podía imaginar los horribles comentarios y se sentía enferma.

—Es demasiado mamá, no puedo soportarlo—se quejó mientras probaba la mermelada especial de fresas de la señora Murray. Estaba deliciosa y luego fue por un trozo de pan recién horneado.

—Phoebe, no les hagas caso, en realidad nadie dijo eso, ya sabes cómo es la envidia y...

Sí, ella lo sabía, aunque eso no era consuelo. Estaba enojada y molesta, no quería que su prometido apurara su boda, no quería una boda con prisas, su vestido estaba listo sí... Ahora era ella quien no se sentía preparada.

Suspiró. Hacía días que no lo veía ni sabía nada de Cavendish, no hacía más que pensar en él como una tonta y en recordar esas palabras tan crueles "jamás me casaría contigo, eres una coqueta Phoebe Hillton..." a veces lloraba recordándolo y luego se consolaba pensando "no importa que tú no me quieras loco Cavendish, sir Edward está ansioso por llevarse al altar a esta coqueta como tú le dices, y está tan desesperado que ha decidido adelantar la boda".

Se alejó y fue a dar un paseo aprovechando que era una tarde espléndida de finales de verano. No podía quejarse, no debía hacerlo, Merton era un lugar hermoso y ella sería la señora, su futura suegra parecía una dama acostumbrada a obrar a su antojo y dirigirlo todo sin pedir opiniones... Para ella estaba bien, no sabía nada de cómo manejar una mansión toda su vida había sido jugar, andar a caballo y luego ese internado para niñas ricas y tontas para aprender modales, clases de bailes y...

Miró hacia la distancia, muy pronto debería dormir con un caballero al que apenas conocía, y estaría unida a él para siempre. Porque el matrimonio era eso, era la unión de dos seres que querían tener hijos y formar una familia, era un vínculo sagrado e indisoluble.

Pensar en eso la asustaba un poco y por momentos deseaba tener más de un marido, de saber que solo tendría a sir Edward el resto de su vida... Bueno, tal vez resultara un marido ideal, era un caballero muy atento, culto, no tenía vicios y era muy rico. ¿Por qué habría de lamentarse? Nada podía salir mal, tenía buen carácter y una reputación intachable. Un caballero bien plantado, no un Cavendish...

A medida que se alejaba recordaba esos ojos almendrados y rasgados, la expresión viril de ese rostro fuerte, magnético. Un Cavendish... Todos los hombres de esa familia eran crueles y sensuales, malvados, vengativos...

Mientras se adentraba en el bosque sintió unos pasos y se asustó. ¿Qué criado tonto la había seguido? ¿O acaso alguien deseaba avisarle algo?

El sendero estaba vacío, debió imaginarlo. ¡Qué extraño!

Siguió caminando y de pronto unos brazos la asieron al tiempo que una mano inmensa cubría su boca. No tuvo tiempo a nada, se quedó paralizada mirando a su captor. Malcolm Cavendish con su traje de montar, un látigo y una mirada furiosa.

—No grite preciosa, no lo haga por favor—le ordenó.

Phoebe se quedó inmóvil mirándole, ese hombre era impredecible y peligroso, ese día tenía una mirada casi asesina.

—¿Así que vuestro prometido pedirá una dispensa y tú te has quedado preñada de ese osado caballero? ¡Vaya! Y pensar que a mí solo me disteis unos besos.

Estaba celoso y eso encendió una chispa en su corazón.

—Señor Cavendish, ¿acaso ha perdido el juicio? ¿Cómo se atreve a venir a mi casa, a entrar en mi propiedad sin anunciarse y seguirme como un bribón para hacer semejante acusación? No es verdad.

Parecía sincera, Phoebe era coqueta, no mentirosa él la conocía bien.

—Sin embargo, es lo que dicen de ti, pequeña. Que obligaste a tu prometido a pedir una dispensa...

—Yo no obligué a nadie señor Cavendish! Sir Edward quiso anticipar la boda porque deseaba hacerlo.

—¿Me jura usted que no está encinta, señorita Hillton?

Ella asintió en silencio y lanzó un respingo. Ese caballero estaba loco, ¿por qué actuaba así? Se comportaba como si lo hubiera engañado, como si él fuera su prometido y sir Edward su amante.

—¿Entonces, su prometido nunca la ha tocado, señorita Phoebe? —insistió él.

—¿Cómo se atreve a hacer una pregunta de esa naturaleza? ¿Es que ha perdido el juicio señor Cavendish y también sus modales? —Phoebe enrojeció y quiso apartarlo mientras que él pensó que estaba preciosa con su vestido de media mañana, a pesar de la sencillez se veía hermosa, siempre lo era... Su preciosa Phoebe, su niña coqueta y traviesa, odiaba pensar que ese malnacido adelantaría su boda y la tendría. ¡Maldición, él no quería saber nada de bodas, ni de niñas casaderas!

La jovencita se resistió aumentando aún más su deseo, era como un juego y Cavendish la besó, la apretó embriagado con su olor tan suave y dulce, el sabor de sus labios, de su boca lo volvió loco. Estaba loco por esa chiquilla y había sufrido esos días sin poder verla, temiendo que ese maligno rumor de su preñez fuera verdad... Perdió la cabeza y había ido hasta White Flowers sin siquiera anunciarse, espiándola, y se disponía a entrar cuando la vio caminando por los jardines rumbo al parque de la propiedad.

Phoebe no respondió a sus besos como antes, sino que se resistió y le gritó que la soltara.

—Suélteme, ¿cómo se atreve? ¡Márchese enseguida o gritaré señor Cavendish! —exclamó furiosa.

Él la miró con una sonrisa.

—¿Entonces es vuestro prometido que tiene prisa por haceros un bebé, no os repugna yacer en la cama de un hombre tan mayor? Tiene más de treinta años y tú apenas dieciocho. No lo amas ni sabes... No será sencillo para ti, seguramente terminarás como otras damas teniendo un amante o tal vez odiarás que os toque.

Phoebe enrojeció furiosa, ¿cómo se atrevía a decirle esas cosas? Era un audaz, un loco y un...

—Sir Edward es un caballero, y usted no lo es y jamás lo será. Márchese de mi propiedad ahora señor Cavendish o gritaré y pediré ayuda. Mis problemas no son de su incumbencia ni tiene por qué venir a mi casa a decirme esas cosas horribles. No le debo explicaciones ni tiene derecho a inmiscuirse en mis asuntos.

Cavendish volvió a besarla interrumpiendo su discurso y su rabia.

—Sí los tengo preciosa, usted me pertenece y lo sabe, responde a mis besos como una dama apasionada. Usted me espiaba, fui su amor de infancia, ¿acaso tan pronto me ha olvidado?

La joven vaciló, tenía razón, los locos siempre decían la verdad... Ella todavía lo amaba, con un amor platónico, idealizado, y cada vez que la besaba se sentía viva, agitada, quería estar entre sus brazos, aunque dijera lo contrario.

—Usted nunca me tomó en serio señor Cavendish y no ha respondido ni a una de mis preguntas de por qué vino a White Flowers a buscarme, a pedirme explicaciones.

Él la miró con fijeza.

—Usted lo sabe, preciosa... Sabe por qué estoy aquí, si fuera más sincera con sus sentimientos y no pensara solo en ser la señora de Merton House podría decirle... NO me mire así, nunca confiaría en una jovencita tan traviesa ni... Le daría mi corazón a una dama tan hermosa y coqueta...

Sus ojos echaban chispas, odiaba que la llamara así y él lo sabía. Malcolm era un Cavendish, un ser indómito, salvaje como caballo desbocado, jamás podría siquiera lograr que se casara con ella ni que... Ella lo amaba maldita sea: amaba estar entre sus brazos y se moría porque la hiciera suya. Y él no la dejaba en paz, la buscaba, debía importarle...

De pronto se encontraron en la hierba besándose y su vestido ligero se abrió lentamente... Phoebe gimió al sentir su boca atrapando sus pechos, no debía hacer eso, no podían, no era correcto, si alguien los veía...debía detenerle, correr... Iba a casarse con sir Edward, no debía hacerlo con otro hombre por más que se muriera de ganas y sintiera que su cuerpo se llenaba de un fuego abrazador llamado deseo... él sabía cómo llevarla, y respondía de forma instintiva. Podía hacerla suya si insistía un poco más, estaba húmeda, podía sentirlo y deseaba ser suya, lo deseaba tanto como él que estaba a punto de enloquecer...

De pronto se detuvo al sentir que ella lloraba. La miró con fijeza y la retuvo entre sus brazos, no quería dejarla ir.

—Déjame Cavendish! Esto no es justo, tú nunca me has querido ¿y ahora quieres hacerme un bastardo? ¡No me arruinarás, no soy una cualquiera! —balbuceó.

La joven se vistió deprisa, no dejaba de temblar excitada, asustada, su cabeza era un torbellino, había estado a punto de hacer una locura por culpa de ese hombre.

—Tranquila preciosa, deja de llorar, no iba a hacerlo, no soy un rufián...—dijo él acariciando su cabello con suavidad, estaba suelto y era hermoso, de un castaño brillante con destellos dorados. Hermoso, parecía una seda...

Phoebe lo miró con los ojos hinchados y él la abrazó, no para besarla sino para sentir su calor y consolarla, no dejaba de llorar.

—Tranquila muchacha, no puedes regresar así a tu casa, creerán que abusaron de ti en los jardines. Cálmate, no iba a hacerlo... Aunque tú deseabas que ocurriera, no me engañas...

Phoebe se quedó abrazada a él y al regresar, juntos, de la mano pensó que vivía un sueño, ¡todo era tan extraño! Iba a casarse antes de lo esperado con sir Edward, no podía aceptar las atenciones de ese hombre, no era correcto.

Antes de despedirse, en los jardines para que nadie los viera aparecer juntos él le susurró; "No te cases con ese hombre preciosa, no te hará feliz, no lo amas... Te hará muy desdichada".

Ella lo vio irse sin decir palabra, corrió en busca de su caballo, ese semental negro tan brioso como su amo y pensó ¿qué derecho tiene a pedirme eso? ¿Cómo puede...? Claro que debo casarme con sir Edward, no dejaré a tan regio candidato para ser la amante de ese Cavendish, para que luego se case con una de sus primas, porque al parecer todos los Cavendish se casan entre sí como los egipcios. ¡Una punta de locos todos ellos!" pensó con rabia y desdén.

Y luego volvió a llorar, estaba confundida, no podía entender qué poder tenía ese hombre sobre todo su ser, ni por qué había respondido a sus besos como lo había hecho. ¡Qué vergüenza si alguien los descubría, si acaso un criado pasó por allí de casualidad...! No quería ni imaginar...

Debió decirle que la dejara en paz, que no quería volver a verle, ese hombre parecía empecinado en arruinar su reputación, su boda, su vida entera. ¡Pues, no lo conseguiría! La próxima vez que lo viera correría, lo ignoraría y le demostraría que no le importaba un rábano.

Phoebe se secó las lágrimas y se preguntó por qué diablos no podía dejar de llorar, su prometido iría a verla en la tarde, no debía verla así...

****

Su boda se acercaba, faltaban solo dos semanas porque su prometido había conseguido una dispensa especial y Phoebe estaba nerviosa, nada entusiasmada con la idea, no podía evitarlo como no podía dejar de pensar en Cavendish...

Y en White Flowers no hacían más que recibir visitas, la modista iba casi a diario porque el traje de bodas nunca quedaba cómo ella quería, es decir, cómo la modista decía que debía quedar y no hacía más que rabiar con la boca llena de alfileres y ajustar, coser, luego descosía... la falda no tenía suficiente amplitud y el escote... Ella quería lucir un bonito escote y la mujer se negaba a hacérselo a su gusto pues decía que no era elegante una novia mostrando sus encantos...

Phoebe estuvo a punto de estallar al oír esa opinión tan brutal y sincera. ¿Qué estaba insinuando? ¿Que no era decente lucir un escote, un bonito vestido con escote el día de su boda porque dirían que era una ramera?

Ella no tenía demasiado busto como otras, bueno, era algo voluptuosa sí... ¿Acaso no podía llevar un vestido elegante, bonito y lucir sus redondeces?

Ese día se sentía con un humor de perros, y pensó que su vida era un completo tormento; todo la enervaba, la más mínima contrariedad atacaba sus nervios. Sintió deseos de gritarle a esa modista solterona no lo hizo, su educación le impedía ser grosera o decir algo inapropiado.

Lo cierto es que tuvo que alejarse para tomar aire fresco.

Estaba tan furiosa que de haber visto a Cavendish en algún lugar espiándola, mofándose de ella, pues le habría dado una buena zurra. No merecía menos.

La brisa fresca voló su sombrero y su cabello y ese pequeño accidente, el sentir la brisa fresca del bosque en su rostro la hizo sentir mejor. Amaba White Flowers, ese paisaje de praderas, bosques, la inmensa casa estilo tudor reformada... Una familia noble, antigua, honorable había vivido en ella durante centurias, vivido y amado...

Estos pensamientos le provocaron una inevitable desazón y entonces recordó las palabras de Cavendish "no se case con ese hombre, no lo ama, no será feliz con él". ¿Eso le había dicho? ¿Y qué demonios tenía él que decir del hombre que pronto sería su marido?

Malcolm Cavendish, bribón, ¿por qué no has regresado? ¿Es que ya no quieres intentar que lo haga contigo en los jardines? ¡Ya no me persigues ni me robas besos, qué triste será mi vida sin ti! Maldita sea, por qué dejaste que me prometiera a sir Edward si tú...

Phoebe suspiró furiosa, no era justo.

Cavendish era un capricho, un deseo pasajero, luego de que se casara lo olvidaría. Olvidaría a su antiguo amor de infancia, no pensaría en sus besos ni sentiría esas cosas que solo sentía cuando estaban juntos...

—Phoebe, hija, ven aquí—la llamó su madre.

Lady Hillton era una dama coqueta, siempre estaba arreglada, Phoebe se le parecía, aunque era más alta, había cierta chispa de malicia en su mirada que su madre no tenía, los ojos de su madre eran transparentes, casi ingenuos.

Se acercó despacio sintiendo pesar, pronto dejaría su hogar para ser la dama de una gran mansión y eso, maldita sea, ya no la entusiasmaba, sino que la espantaba.

"Tú no lo amas, no soportarás que te toque y luego... Tendrás un amante" le había dicho Cavendish.

Al diablo Malcolm, eso no ocurrirá. No me quedaré a esperarte y mucho menos a vestir santos como dice el refrán.

Phoebe se sentía inquieta, malhumorada y la visita de su prometido le pareció tediosa.

Y cuando una semana después fue a una fiesta y se encontró con Cavendish sintió deseos de gritar. Maldita sea, amaba a ese hombre, estaba loca por él, siempre había amado a ese Cavendish...

Él la miró con intensidad. No se acercó a hablarle como tanto deseaba, sino que se alejó despacio, dejando su corazón palpitante y herido de nuevo.

La vida continuaba, su vida debía continuar. Pronto se casaría.

—Phoebe, ¿deseas bailar? —le preguntó su prometido.

Ella aceptó encantada siendo el centro de las miradas.

Sir Edward no dejaba de mirarla y de pronto notó que había bebido más de la cuenta. Él siempre la llevaba de regreso a su casa, era un caballero, hasta con unas copas de más lo era. Le gustaba beber y esa noche mientras viajaban sintió su mirada intensa, llena de deseo. Porque la deseaba y al notarlo Phoebe se excitó, quería que llegara su boda y saber cómo era aquello que volvía loca a las criadas y a los campesinos en el bosque. Eso que Cavendish le había despertado, deseo, lujuria...

Y cuando sir Edward se acercó y comenzó a besarla no lo rechazó ni se escandalizó.

Unos besos tímidos que luego se convirtieron en osados cuando la rodeó con sus brazos y comenzó a acariciarla a través del escote. Estuvo un buen rato besándola, llevándola contra su pecho hasta que ella le dijo:

—Aguarde—. Notó que quería quitarle el vestido, o levantar sus faldas. Jamás lo habría imaginado tan atrevido, sir Edward. Pues no quería llegar tan lejos.

Su prometido sonrió como un chico travieso: al parecer estaba más ebrio de lo que creía, sí, podía sentir su aliento... ¡Demonios! No tendría su noche de bodas en ese carruaje donde cualquiera podía verla, con su prometido ebrio. ¡Oh qué vergüenza!

El caballero no parecía dispuesto a soltarla y de pronto besó su cuello y le dijo; —Tranquila preciosa, luego nos casaremos, lo prometo... Tú lo deseas tanto como yo... Y me agrada, no quiero una esposa fría o gazmoña —le susurró.

Ella lo miró espantada y sonrojada. Bueno no era gazmoña ni tampoco se dejaría tomar en un carruaje como una ramera.

Unos besos en su cuello comenzaron a excitarla de nuevo. Qué bien besaba, parecía tener experiencia... Era un seductor y en esos momentos quería hundir su vara en la chicuela y descubrir si ese rumor maligno era verdad, no se casaría con ella si descubría que había sido de otro, no era un tonto ni quedaría como un hazmerreír.

Comenzó a desnudarla, a quitarle el complicado vestido, sabía cómo hacerlo. Sin embargo, desabrochar un montón de minúsculos botones era una tarea demasiado ardua para él en esos momentos.

Al comprender sus intenciones, Phoebe lo detuvo: no le parecía bien que un caballero se comportara como un vulgar mozo de los establos.

—¡Aguarde por favor, esto no es correcto! —le dijo.

Estaba tan excitada como asustada, quería hacerlo, no en ese lugar ni esa noche, pero... Le gustaba el coqueteo y jugar con fuego, nada más. Sabía defender su virginidad y lo haría, a fin de cuentas: esa no era su noche de bodas.

—Luego nos casaremos, tengo una dispensa—dijo el sir. Al parecer estaba más que excitado, parecía poseído por la lujuria más insoportable. Ella nunca había visto un hombre arder como le ocurría a ese digno barón. ¡Vaya! ¿Sería la lujuria contagiosa? Era evidente que quería adelantar su noche de bodas, y que quería llevarla a Merton con ese fin si no lograba hacer algo en ese carruaje. Phoebe se sintió tan excitada como abrumada, y de pronto comprendió que sus besos ya no buscaban convencerla, que estaba tan ebrio que... Ya no le importaba salirse con la suya a la fuerza.

La joven gritó al comprender lo que ocurría, iba a someterla, a romper su vestido... De pronto oyó un disparo y el carruaje comenzó a ir a mucha velocidad y luego cayó encima de su prometido y de pronto todo fue oscuridad... "Es el fin, moriré, moriré..." pensó.

******

Phoebe despertó aturdida sintiendo que alguien arrastraba su cuerpo y lo colocaba en un asiento. Abrió los ojos y lo primero que vio fue a sir Edward tendido en el piso, con la cabeza a un lado, inmóvil... "no hay nada que hacer, está muerto, avisen del accidente" dijo una voz viril profunda, conocía esa voz.

—¿Y su prometida? —preguntó otro hombre de voz cascada.

—Vivirá, es fuerte.

Phoebe abrió los ojos y quiso gritar al ver a su prometido muerto, tendido en el suelo rodeado de sangre. Su cabeza estaba de lado y sus ojos abiertos sin vida parecían mirarla.

—Tranquila señorita Hillton, la pondré a salvo.

Cavendish. No podía creerlo. ¿Qué hacía allí y por qué?

No tuvo tiempo a hacer preguntas, él la metió en su carruaje y este partió a gran velocidad.

—Tuvo suerte de que pasara por aquí señorita Hillton—dijo con una sonrisa extraña—¿Se siente bien, le duele algo?

Ella notó que su vestido estaba roto y se sonrojó, Cavendish lo notó y sonrió, el escote estaba algo flojo y sus pechos quedaban levemente expuestos. Entonces recordó que había estado besándose con su prometido y luego él intentó... se cubrió rápidamente buscando en vano su capa.

— ¿Qué ocurrió? El carruaje... Sir Edward—balbuceó, confundida.

Él la miró con intensidad mientras ella luchaba por cubrirse y reprimía las ganas de llorar.

—Su prometido está muerto señorita, lo sabe ¿no es así? Fue un lamentable accidente, sin embargo, tuvo suerte de que pasara por aquí, salvé su vida.

Phoebe sostuvo su mirada y luego miró por la ventanilla, era noche cerrada y no sabía por dónde iban, pensó que la llevaría a su casa. Se equivocaba. Porque una hora después una inmensa y tenebrosa mansión apareció en medio de la oscuridad.

—Hemos llegado preciosa, venga, ¿cree que será capaz de andar?

Ella se detuvo asustada, ¿qué era ese lugar?

—Usted no me ha traído a mi casa señor Cavendish.

Él se acercó y tomó su mano despacio. —Es verdad, necesita un médico señorita, luego avisaré a sus padres. Tranquila, no le haré ningún daño. No querrá regresar en ese estado a su casa, sus padres morirían de la angustia.

Esa fue la excusa del comienzo, su casa está lejos y su vestido roto, Phoebe no insistió, estaba exhausta y solo quería una cama donde dormir. Además, le dolía la cabeza y los brazos por los golpes. No tenía nada de gravedad.

Caminó por el sendero de grava sin apartar sus ojos de Coventor, hogar ancestral de esa familia tan peculiar. Una antigua y tenebrosa construcción color gris rodeada de bosques y lagos. Unos criados se acercaron portando lámparas saludándola con una reverencia. Malcolm no la llevó por la puerta principal sino por el ala sur, a una habitación casi escondida.

—Se quedará aquí hasta que venga el médico, descuide, avisaré a sus padres—dijo con expresión sombría.

—Lléveme a mi casa por favor, señor Cavendish. Si no regreso ahora mi reputación quedará arruinada y lo sabe.

Sus palabras lo hicieron sonreír.

—No puedo hacerlo, su vestido está roto, creerán que la seduje y luego maté a su prometido. Cálmese, necesita un vestido nuevo, y cuidados, se golpeó en la cabeza, me extraña que recuerde mi nombre, pudo morir...

Él notó que la jovencita estaba asustada y no hizo nada por calmarla como si disfrutara al verla nerviosa, turbada...

Entraron en la mansión sin decir nada, ella tiritaba mirando a su alrededor como si temiera que un horrible fantasma saliera a su encuentro y le provocara un susto espantoso. No le gustaba ese lugar, era frío, oscuro...

Allí habían muerto tres esposas de los Cavendish, uno de ellos se había suicidado. Una oscura maldición pesaba sobre esa familia y ninguna joven sensata se habría casado con esos demonios.

Avanzó tiritando, a pesar de tener esa capa de su pretendiente para cubrirla que él le ofreció de forma muy galante.

No quería entrar en esa mansión oscura, algo horrible iba a pasarle, él se vengaría le haría daño... Esos Cavendish eran muy crueles con sus mujeres, era esa sangre de demonio que tenían. Una de las novias Cavendish se había lanzado al vacío mientras que otra...

—Adelante señorita Phoebe, no teme usted a los fantasmas ¿no es así? La creía más sensata...

Ella lo miró trémula, y avanzó hacia la puerta principal sin dejar de temblar.

El interior estaba rodeado de una luz difusa y Cavendish llamó a los criados para que atendieran a su invitada y llamaran al doctor. La jovencita había sufrido un accidente y se alojaría en el ala este que daba al bosque.

Phoebe observó la habitación perpleja: era tan amplia como oscura y tenía una inmensa cama con dosel, demasiado grande para ser de un huésped soltero. Todo estaba amueblado con perfecta sencillez en tono pastel.

Unas criadas le trajeron agua caliente y un hermoso vestido azul para cambiarse. Cepillaron su cabello y se ruborizaron al verla desnuda. Era perfecta y había algo muy turbador en sus pechos altos y en las caderas redondas, una sensualidad que desbordaba y no parecía apropiada para una jovencita.

Tenía magulladuras, pero nada serio solo le dolía mucho la cabeza y el baño de tina le dio sueño. Estaba acostumbrada a que la bañaran y no notó que las jovencitas la miraban con cierta envidia y turbación. Se preguntó por qué su anfitrión se tomaba tantas molestias con ella si seguramente planeaba vengarse de alguna forma. Todo era su culpa. Nunca debió coquetear ni besarse con un Cavendish como lo hizo y luego prometerse a otro, debió irse a Londres como insistió su madre en vez de quedarse en ese condado...

El médico apareció al día siguiente, luego de una noche de sueños inquietantes.

Despertó sin saber dónde estaba, mareada y con un fuerte dolor de cabeza.

No tenía nada grave, necesitaba descansar, alimentarse bien y permanecer en cama una semana. El golpe en la cabeza preocupaba al doctor, dijo que podía sufrir desmayos, ese dolor inesperado era un síntoma.

Phoebe miró al doctor con desesperación sin atreverse a pedirle ayuda. Le tenía terror a Cavendish... El extraño accidente, su prometido muerto y sus palabras "creerán que maté a su prometido y la rapté" daban vueltas por su cabeza.

Desayunó y saltó de la cama preguntándose qué pasaría ahora, él la había salvado, la había rescatado, sin embargo, nadie lo creería.

Una doncella le llevó el desayuno mientras buscaba inútilmente sus pertenencias.

Estaba hambrienta y confundida. Intentó serenarse, todo era tan siniestro. Edward no podía estar muerto, iban a casarse y habían estado besándose la noche anterior...

Pasó el día entero pensando en Edward y cada vez que se abría la puerta temía que fuera él, sabía que ningún caballero entraba en la habitación de una dama que no fuera su esposa. Claro que él *no era un caballero:* los caballeros no raptaban a las damiselas para luego encerrarlas en su señorío... ¡Qué extraño! ¿Por qué no ha venido a verme? ¿Por qué me mantiene escondida aquí? Se preguntó mientras se asomaba a la ventana y contemplaba un paisaje gris de árboles, y un lago a lo lejos, con un cielo plomizo que auguraba la llegada inevitable del otoño.

Tal vez debía intentar escapar. ¡Tonterías! Él no la dejaría hacerlo, la tenía escondida por una razón... suspiró recordando sus besos, sus miradas...

Día tras día se repitió la rutina, la ayudaban a bañarse, a cambiarse el vestido y luego, al tercer día el doctor fue a visitarla.

—Tiene usted mejor color, señorita—señaló. No parecía conocer su apellido y se preguntó si alguien más de esa casa sabría que él la tenía escondida en el ala este.

Llegó el sábado y sus nervios estaban destrozados.

Había tenido horribles pesadillas y llevaba días intentando escapar de la habitación. No podía hacerlo, estaba cerrada, notó que la cerraban con llave y eso la angustiaba. Quería retenerla, enloquecerla de miedo y luego...

¿Dónde estaba Cavendish? ¿Por qué ese hombre no aparecía? En ocasiones le parecía sentir su presencia, oír sus pasos, su voz, no estaba segura si era en sueños o...

Él entraba en su habitación, lo sospechaba, entraba para espiarla mientras dormía, porque no se atrevía a hacerlo cuando estaba despierta. Su actitud la desconcertaba, su silencio atacaba sus nervios.

No podía dejarla en esa habitación para siempre...

Una doncella peinaba su cabello cuando la puerta se abrió y apareció su raptor. Su mirada oscura se clavó en ella de forma intensa, sin vacilar, sin parpadear... No parecía haberla visto en días, no había sorpresa en su expresión, entonces era verdad, ese hombre había estado espiándola...

—Buenos días, señorita Phoebe, se ha recuperado usted muy bien al parecer, me alegra, es una joven fuerte.

Phoebe murmuró un saludo, la presencia de Cavendish la turbaba.

—¿Usted ha avisado a mis padres? Debo regresar a mi casa, por favor, no puedo quedarme aquí...

Él la escuchó con una sonrisa distante, fría... O no tan fría, porque esos labios eran una invitación y su cuerpo voluptuoso, tan suave: todo en ella era un tormento espantoso para él.

—¿Y realmente cree que la rescaté para que vuelva a su casa, sana y salva? ¿Debo agregar casta y salva? Porque esa noche tenía usted el vestido roto señorita Phoebe.

Esas palabras la espantaron.

—Siempre le ha gustado coquetear y al parecer su prometido estaba de suerte esa noche, él quería hacerle el amor, ¿no es así?

La joven retrocedió unos pasos aturdida.

—No, no es verdad, sus insinuaciones me ofenden señor Cavendish. ¿Acaso usted me espiaba? ¿Cómo pudo ser capaz?

Él se acercó y acarició su cabello.

—A usted le gusta jugar con fuego, no teme quemarse porque no sabe lo que es arder en el infierno, para usted no es más que probar placeres inadecuados para una señorita decente. Y no se haga la ofendida conmigo, ¿cree que he olvidado los besos en el jardín? Por supuesto que no los he olvidado, y tal vez por eso la traje aquí... No se finja inocente, la vi sentada en la falda de ese tunante, disfrutando sus caricias como una verdadera gata en celo.

Ella lo apartó avergonzada, comenzó a llorar, alejándose hacia la puerta en un vano intento de escapar. Sabía que estaba atrapada, sabía lo que quería de ella. Vengarse, tomarla como si tuviera derecho a ello y luego devolverla, mancillada, con su prometido muerto, sin esperanzas... Cavendish era un demonio, no tenía dudas. Tantas molestias tenían un motivo, y ese motivo era simplemente nefasto.

Phoebe no estaba dispuesta a entregarse a él, no lo haría, lucharía como una fiera para evitarlo.

—¿A dónde va señorita Hillton? Su prometido está muerto, ¿acaso espera encontrar un pretendiente rico tan pronto? Eso no ocurrirá.

La joven se detuvo y lo enfrentó.

—Usted no puede mantenerme cautiva aquí señor Cavendish, ¿es que ha perdido el juicio?

Él se acercó con paso lento, firme.

—Puedo hacerlo, nadie sabe que está aquí señorita Hillton, creen que un grupo de bandidos asaltaron su carruaje, mataron a su prometido y se la llevaron para venderla a uno de esos lugares de Londres llenos de meretrices.

Esas palabras le provocaron un sudor frío, estaba asustada, temblaba, su raptor en cambio se veía muy tranquilo.

—Usted no tiene derecho a retenerme, el rapto es un delito y yo lo acusaré, juro que escaparé y diré a todos lo que hizo señor Cavendish.

—No lo hará, yo la salvé de una boda que no quería, y de un rufián que planeaba someterla a sus deseos.

Esas palabras la hicieron sonrojar, ¿entonces él había presenciado ese momento? ¡Qué vergüenza!

—Yo la salvé. Usted me abandonó para hacer una boda ventajosa señorita, y sin embargo la seguí esa noche, evité que ese maldito le hiciera mucho daño. La rescaté casi por necesidad, porque temí que me acusaran y espero que esos tontos crean la historia de que fue raptada por un grupo de bandidos. Luego diré que la salvé y...

—Usted me arruinará por completo si no me regresa ahora a mi casa. Por favor, señor Cavendish, no puede retenerme aquí más tiempo, invente alguna historia creíble. No puedo quedarme, comprenda...

Él observó esos labios rojos, voluptuosos, los ojos redondos y tiernos de espesas pestañas, tan azules; eran inesperadamente dulces...Conocía a esa jovencita desde que tenía diez años y aún entonces se notaba esa coquetería que en el futuro lo volvería loco a él y a todos los hombres. Entonces se había burlado de la niñita que corría en su caballo y le sacaba la lengua como una maleducada para jactarse de su proeza. Corría con un pony, cualquiera podía hacerlo y ahora, aunque decía rechazarlo sus ojos y esos labios ansiaban ser besados. Era un demonio, una diabla seductora, hermosa, cálida... sus besos y el olor de su cabello, de su piel lo habían vuelto loco y ahora, maldición, no se le escaparía.

—No, no lo haré, usted es mi prisionera ahora y solo la dejaré ir cuando tenga lo que tanto deseo—dijo Cavendish despacio sin dejar de mirarla.

Phoebe enrojeció incómoda al sentir su mirada llena de deseo y no pudo escapar, tal vez no quería hacerlo... Fingió resistirse, pero disfrutaba ese forcejeo, disfrutaba saber cuánto la deseaba porque al parecer él quería saciar su lujuria, tomarla, eso no era tan malo, ni tan bueno... No quería quedarse deshonrada y sin marido. Le gustaba ese hombre, siempre le había gustado, desde que era una niña y lo veía en la Parroquia con su familia. Allí estaban los imponentes y locos Cavendish, extravagantes, taciturnos...

Y sabía besarla, sabía seducirla con sus besos como aquella vez... Estaba loca por él y le gustaban sus besos y jugar con juego. Claro que no iba a llegar más lejos ni que fuera estúpida.

De pronto pensó que la vida era una rueda, una maldita rueda de la fortuna: porque su prometido estaba muerto y ella era su prisionera.

Solo quería seducirla y luego desecharla. Pues nunca aceptaría algo tan indigno.

—Y cuánto tiempo me retendrá?

Sus ojos oscuros brillaron como dos brazas mientras decía imperturbable:

—Hasta que sea mi amante y me deje satisfecho. Luego la regresaré. Después de tanto esperar creo que lo merezco.

—Está loco Cavendish, jamás dormiré con usted ni seré su amante.

—Miente. Usted lo desea, hace tiempo que juega con fuego señorita coqueta y se deja besar en los jardines. Usted quiere saber cómo es, ¿no es así?

—No, eso no es verdad. Mi prometido murió ya no tendré boda ni marido. ¡No me entregaré a usted a menos que planee poner un anillo en mi dedo señor Cavendish!

Él sonrió y volvió a besarla, y al tenerla entre sus brazos podía sentir su calor, su aliento y desearla más que nunca. Quería hacerle el amor, quería hacerla suya, pero nada de bodas ni tonterías. Serían amantes, le enseñaría los caminos del placer y luego...

Phoebe lo apartó despacio.

—Me ofende que tenga tan mal concepto de mí, señor Cavendish. No soy una ramera y no dormiré con usted para tener mi libertad. No lo haré y no me hará cambiar de opinión.

Ahora era la jovencita orgullosa de su linaje, de su familia, la que negaba haberse besado a escondidas y ser una coqueta con todas las letras. Malcolm la retuvo a la fuerza y asió su brazo.

—Usted no tiene elección señorita Phoebe y lo sabe—dijo mirándola con intensidad— Le daré unos días para que lo piense, luego podrá regresar a su casa y hacer una boda tan conveniente como la anterior.

—Si duermo con usted no podré hacer ninguna boda señor Cavendish, me ofende que crea que puede tomar lo que desea y tratarme como si fuera una de esas mujeres de vida ligera. No lo haré, no importa cuánto tiempo me deje encerrada aquí.

Estaba decidida, y por el gesto de obstinación de su rostro supo que no estaba mintiendo.

Él sonrió acariciando sus mejillas y esos labios con suavidad. Se resistía sí, era un juego para ella, fingirse ofendida, decir que no lo haría... Tan pronto lo había olvidado, él había sido un juguete en sus manos, lo había engatusado y luego lo había cambiado por otro. No sentía nada por él, no le había importado abandonarlo... Por supuesto, un Cavendish era poco para una señorita tan importante.

Mejor sería marcharse y dejarla para que lo pensara un poco.

—Está usted loco Cavendish, jamás aceptaré un trato como ese, lo creí un caballero y ahora descubro que me equivoqué—dijo ella muy ofendida.

Él sostuvo su mirada y sonrió mientras se alejaba despacio. Tiempo al tiempo.

3

Cavendish era astuto y no la acosó con besos ni le recordó lo que esperaba de ella, no era su estilo. Solía ser un hombre frío con las mujeres, y nunca se había involucrado con aquellas que habían compartido su lecho.

Hacía tiempo que quería tenerla y había tenido que mirar desde afuera: excluido, rechazado, olvidado... Usado para unos besos en los jardines como si fuera un niño tonto.

Phoebe sentía crecer en ella la atracción y también el peligro que la acechaba porque ese hombre era peligroso. Porque una cosa era decir que no lo haría jamás y otra muy distinta cumplir esa promesa.

Podía reñir, y suplicarle que la dejara regresar a su casa, alejarse... Sin embargo, al final terminaba en sus brazos besándose, y sus besos eran cada vez más atrevidos. No eran los antiguos besos en los jardines: eran besos ardientes, húmedos, anhelantes que la torturaban, que la empujaban a caer en la lujuria... Porque lo deseaba, no sabía bien cómo sería, pero quería que pasara, cuando encendía su deseo y la excitaba le costaba mucho decir que no. A veces le había costado detenerse, claro que entonces había tenido suerte: ellos se habían detenido a tiempo. Malcolm no iba a detenerse, si ella sucumbía él seguiría adelante y lo sabía.

¿Cuánto tiempo más podría resistir?

Necesitaba su virginidad para casarse, no quería soportar que luego su marido le hiciera preguntas o recriminaciones. Ninguna era tan tonta de hacerlo antes de la boda, al menos si lo hacían era con quien sería su marido. No se estilaba eso por supuesto, y una señorita decente no debía dejarse tentar ni con promesas ni con nada.

Excepto que *ella* no era tan recatada ni tan virtuosa.

Se había besado con algunos caballeros, le gustaba hacerlo y la excitaba sentir el deseo en un hombre, el deseo por tenerla, eso era lo más tentador.

El encierro, la distancia de su casa y ese hombre, todo amenazaba su calma y su virtud. Porque todavía le quedaba su virtud, estaba allí, nadie se la había quitado. Su raptor tampoco.

—Debe usted regresarme a mi casa, mis padres, han de estar tan preocupados.

Cavendish dijo que necesitaba tiempo. Una excusa para retenerla.

—Todos están buscando a los bandidos, a los que asaltaron su carruaje—dijo.

Ella se estremeció al pensar en esa noche y en su prometido muerto. En ocasiones se preguntaba si tal vez no se había salvado y estaba buscándola. ¿Y si todo era una trampa de su antiguo pretendiente resentido porque había escogido a otro? Porque él parecía guardarle rencor a causa de ese compromiso.

Y como si leyera sus pensamientos él le murmuró al oído: —No se haga ilusiones señorita Hillton, su prometido se ha ido, está en el cielo o en otro lugar. ¡Vaya uno a saber! No regresará a rescatarla. ¿Usted lo vio, no es así? Su cabeza...

—¡Oh, calle por favor! ¡No me lo recuerde!

Él sonrió de forma extraña como si pensara que esa muerte había sido satisfactoria para él.

****

En ocasiones era un compañero divertido, le contaba historias siniestras del condado y de los Cavendish, le hacía bromas y almorzaba o cenaba en su habitación para acompañarla.

Sus padres no sabían que estaba allí y sin embargo él le contaba las noticias y un día le llevó un diario con la fotografía del funeral de sir Edward Bentham. "El heredero Bentham fue muerto en un accidente y su prometida: la señorita Phoebe Hillton se encuentra desaparecida. Se presume que un grupo de bandidos se llevaron a la joven y la vendieron al nuevo continente o tal vez a un prostíbulo londinense de renombre"
...

Phoebe palideció al ver la fotografía, no podía entender que su prometido hubiera muerto en ese accidente y que ella fuera dada por desaparecida. Nadie imaginaba siquiera que estaba allí, en Coventor, guarida de los locos Cavendish, escondida en el ala este para ser seducida a la brevedad...

De pronto leyó algo que llamó su atención en el periódico.

—Alguien disparó al cochero y también hirió a sir Edward... usted no vio quién provocó ese accidente señor Cavendish? —le preguntó.

Él la miró de forma extraña.

—Tuvo mucha suerte, señorita Phoebe, esos bandoleros pudieron venderla a un prostíbulo a un precio muy alto y luego... Habría podido usted saciar su curiosidad por los hombres de forma algo extenuante.

Phoebe se enfureció al oír eso.

—¿Cómo se atreve a burlarse? Además ¿quién querría hacerle daño a sir Edward?

—No lo sé preciosa... Tuvo suerte de que la bala no la alcanzara y de que estuviera cerca para rescatarla de tan triste destino. ¿O prefería ser raptada por un grupo de bandidos y llevada al nuevo continente?

—¡OH, ni lo diga por favor!

—Usted no lamenta demasiado la muerte de su prometido, no la he visto muy afligida. Tengo la sospecha de que no lo amaba. Su elección fue sensata y nada más que eso.

Cavendish notó cómo su pulso se aceleraba, ese escote mostraba mucho más de lo que el decoro exigía. Esa jovencita era voluptuosa y no tenía manera de disimularlo, sus pechos llenos, redondos bajaban y subían aprisa mientras sus pupilas se dilataban y sus labios se abrían anhelantes. El vino la había relajado, estaba furiosa por sus palabras, ofendida y sin embargo quería sentir sus besos y resistirse era un juego para ella, un juego loco y peligroso.

—¡Usted está loco Cavendish! Cuando se descubra esto lo apresarán y si se atreve a hacerme daño nadie va a perdonárselo. Usted no va a arruinarme, no me tocará ¿comprende? No lo hará.

Abandonó la mesa furiosa y casi huyó, pero él la siguió, estaba harto de sus juegos y decidido a seducirla, a darle lo que tanto pedía la ardiente damisela...

La atrapó cuando llegaba a la cama y la besó, la besó a la fuerza mientras sujetaba sus brazos y llenaba su boca con su lengua, así también la tendría, aunque antes debía envolverla y llevarla a la desesperación del deseo, esa locura que él había sentido tantas veces cuando la veía desnuda durmiendo, o sumergiéndose en la tina.

Sus besos la atraparon y recorrieron su cuello y destruyeron el corsé. Phoebe gritó sabiendo que no tenía escapatoria, que podía tomarla si lo deseaba porque jamás tendría fuerzas para impedírselo. Er aun hombre fuerte y estaba completamente loco, loco de deseo por ella... podía sentir su respiración y ese deseo ardiente consumiendo sus entrañas cuando se quitó la camisa y le quitó el vestido entre forcejeos. Era un combate, una lucha sensual y ruda, eso era el sexo y lo sabía... empezaba a saberlo, a sentirlo en su piel.

Sus ojos recorrieron su cuerpo con deseo y ella sintió su aliento tibio, su piel ardiendo y suspiró. Estaba perdida y lo sabía, no iba a forzarla, un fuego consumía sus entrañas en esos momentos, quería hacerlo, quería fornicar toda la noche como una golfa y saber cómo era, qué se sentía comportarse como una desvergonzada... él la deseaba y la miraba con adoración mientras la sujetaba y comenzaba el ritual de besos y caricias...

Gimió al sentir que succionaba sus pechos mientras se desnudaba con prisa y ella veía su inmenso miembro erecto, rojo, listo para poseerla. Nunca había visto a un hombre así desnudo y de pronto la curiosidad hizo que se acercara y tocara su pecho y se detuviera en esa inmensidad dura, en sus testículos hinchados. Él tomó sus manos y la guio para que lo acariciara mientras atrapaba su boca y su cuerpo, sus caderas...

Ella se apartó asustada al sentir su miembro presionando su monte.

Era muy pronto, no lo haría...

—Tranquila preciosa, no lo haré... todavía no...—le susurró y volvió a besarla con suavidad, no quería que escapara asustada, esa noche sería suya y sería muy paciente para conseguirlo...

Besó sus labios llenos y atrapó su boca llenándola con su lengua mientras la aprisionaba con su cuerpo para que se acostumbrara a su calor. Ella gimió al sentir su proximidad, su corazón latía aprisa y estaba tan excitada como asustada, era extraño, por momentos quería irse y cada vez que lo intentaba él la atrapaba y en esa ocasión cayó de espaldas... Él atrapó sus nalgas redondas, perfectas y las besó.

No, no escaparía, no dejaría que lo hiciera y lentamente abrió sus piernas y besó ese cielo escondido, cerrado como un capullo. Phoebe no pudo resistirse y cerró los ojos sin atreverse a mirar lo que estaba haciendo allí, aunque sintiendo que esas caricias eran lo más maravilloso que había sentido en su vida.

Él pensó que se volvería loco si no se deleitaba con ese néctar hasta saciarse, además lo embriagaba sentir que ella se rendía a él, que todo su cuerpo disfrutaba sus caricias. Estaba lista para que la tomara, para que la hiciera suya las veces que quisiera, saber eso lo excitó mucho más...

Estaba atrapada y lo sabía y cuando la abrazó lo miró con fijeza, casi suplicante, estaba algo asustada entonces él la calmó mirándola con deseo mientras le susurraba "no temas preciosa no te lastimaré, lo prometo..."

Porque era virgen, su cuerpo estaba cerrado, intacto y cuando entró en ella sintió que gemía mientras su miembro se acoplaba y su sexo cedía y lo envolvía con su calor y estrechez...

Phoebe sintió que era maravilloso, al diablo el dolor, la molestia, era la naturaleza, la naturaleza de su lujuria, del deseo que tanto tiempo había sofocado. Y sin saber cómo había cedido, impulsada por el instinto y la necesidad apremiante de tener un hombre en su cuerpo. Al guapo y loco Cavendish, de quién se había enamorado cuando era una niñita de diez años y él con sus dieciocho parecía todo un hombre, aunque no lo fuera. Para ella sí por supuesto, era apuesto y alto, fuerte, viril... ahora sentía ese roce fuerte, ese contacto íntimo, sublime y pensó que jamás habría sido igual con Edward, porque no había entre ellos esa atracción, al menos ella no la había sentido. Y sabía que jamás olvidaría esa noche ni ese momento cuando sintió que él estallaba en éxtasis y la inundaba con su placer tibio sin detenerse apretándola de forma posesiva, apasionada... Phoebe no lloró como hubiera hecho una jovencita su noche de bodas confundida por las emociones o abrumada por la pena y la vergüenza de lo que acababa de pasar, abrazada a él y casi deseando hacerlo de nuevo.

—Preciosa... Ahora sabes cómo es ¿verdad? Y no estás llorando, ¡qué extraño! —dijo él acariciando su cabello luego se deleitó mirándola desnuda. Era hermosa, era perfecta, voluptuosa, un cuerpo femenino y armónico de piernas bien formadas y redondas, la cintura estrecha y... se moría por hacerlo de nuevo, estaría toda la noche haciéndole el amor, enseñándole los deleites de la intimidad... era hermosa, dulce, perfecta y casi podía imaginar la mujer sensual en que se convertiría con él tiempo. No sería su mujer sino la esposa de algún hombre rico, importante... Pensar eso le provocó una punzada de celos y rabia. Maldita sea, no pensaría en el futuro ni se haría preguntas. Era deseo, lujuria, pasión, un deseo que debía saciar de nuevo...

Y antes de enseñarle debía detenerse a tiempo, no sería tan ruin de dejarla preñada, con sus amantes solía cuidarse, también debía cuidar a esa chiquilla y no volver a inundarla con su simiente, debía hacerlo afuera...

Ella lo aprisionaba, lo envolvía con besos y parecía suplicarle que no la dejara, que no se detuviera, no podía resistirse, ni detenerse a tiempo, en el futuro debería ser más cuidadoso. Esa noche parecía imposible...

*****

Lo había hecho... Ahora era una completa desvergonzada y lo había disfrutado a cada minuto.

Eso fue lo que pensó Phoebe mientras se daba un baño, ayudada por las criadas. La esponja en su cuerpo le provocaba cosquillas y sentía deseos de reír, estremecida al recordar las caricias de Malcolm.

Las jovencitas se miraron perplejas pensando que se había vuelto loca, ¿qué importaba?

Aguardó con impaciencia la llegada de Cavendish, lo echaba de menos y se preguntó si esa noche...

Tenía puesto un camisón ligero, había cenado sola y lo echaba de menos. ¿Qué haría ahora? ¿Acaso la devolvería a su casa, le conseguiría un marido como hacían los reyes con sus amantes preferidas?

Se sentía inquieta, todo su cuerpo quería a ese hombre y no quería tener otro amante todavía, quería disfrutar su travesura un poco más.

—Phoebe, ¿estás despierta?

Se había dormido sin darse cuenta y de pronto lo vio parado en su habitación.

La miraba con intensidad como si tuviera una lucha interna feroz.

Ella le sonrió con picardía invitándole a quedarse.

No podía hacerlo o caería en una trampa, en la trampa de su hermoso cuerpo y de esos ojos que lo atrapaban, dulces, tiernos...

—No puedo quedarme ahora, tengo asuntos que tratar en Londres preciosa...

No iría a ningún lado ella comenzó a desnudarse despacio él pensó que se volvería loco si la rechazaba.

Atrapó su boca mientras se desnudaba con prisa y recorría su cuerpo con besos y caricias. Necesitaba entrar en ella con prisa, rozarla, sentir que entraba en su cuerpo con desesperación, luego le enseñaría...

Phoebe gimió al sentir su enormidad atrapándola, provocándole esa molestia deliciosa, no había nada más placentero que ese momento y estuvieron una semana entera encerrados haciendo el amor una y otra vez. Sin cuidarse, sin pensar en el futuro...

Ella siempre estaba lista para recibirle y ya no se escondía ni avergonzaba cuando él le daba caricias y una noche él le enseñó a brindárselas...

Phoebe lo hizo con mucha suavidad y confianza, deseaba hacerlo, aunque no se había atrevido. El gimió al sentir su boca devorándole, pensando que nunca había tenido una amante tan ardiente en toda su vida, esa jovencita era de fuego y a él le encantaba despertarla y enseñarle un poco más... volverla loca con sus besos, haciéndola estallar de placer con las feroces embestidas, apretada contra él, sin olvidar también ser tierno y dulce... Era un amante exigente tierno, sensual y ella respondía a él sin reservas.

Y sabía satisfacerle y jamás se negaba a sus brazos. Estar juntos era una experiencia dulce, sensual, avasallante y ella lo aprendió todo deprisa, ansiosa de saber más y de experimentar juegos nuevos.

No se sentía mal por esas noches, excepto que en ocasiones le asaltaban las dudas.

Sabía que estaba viviendo una aventura peligrosa y que algún día debía terminar. No tenía prisa por regresar a su casa maldición, ya no...

¿Cómo sería su vida ahora? Él solo le había pedido una noche y llevaban dos semanas y media durmiendo juntos como amantes, a pesar de no estaban casados, no lo estaban... Y no era tan ignorante de no saber que por dormir con hombres las mozas y demás quedaban preñadas y en ocasiones solteras, escondidas por sus familias...

Eso podía pasarle si continuaban haciéndolo.

En ocasiones él se detenía a tiempo, no siempre podía hacerlo y sabía que debían separarse. Regresaría a su casa y luego...

De pronto descubrió que le gustaba estar con él, le gustaba mucho compartir esos momentos, su cuerpo había despertado al placer y a la necesidad que él le había creado.

Maldición, había llegado demasiado lejos esa vez, podía quedarse preñada como una tonta y luego... ¿Cómo demonios saldrían de esa? ¿La enviarían a casa de una tía para tener a su hijo y entregarlo en adopción? Tal vez no estaba preñada, era muy pronto, podía estarlo si seguía durmiendo con Malcolm, las mujeres de su familia eran fértiles y eso se heredaba...

Él notó que estaba preocupada, la vio distinta esa noche y mientras la besaba le preguntó.

—Debemos separarnos Malcolm, esto no puede continuar. ¿No querrás dejarme encinta verdad? Ni verte obligado a casarte conmigo.

Él la besó y sintió un estremecimiento.

—Seremos cuidadosos preciosa, podemos evitarlo...

No siempre llegaba a tiempo y una vez nunca era suficiente y en ocasiones sentía la necesidad imperiosa de llenarla con su simiente, y se sentía cautivo de su cuerpo, de su calor...

Phoebe quería marcharse, debía hacerlo. Temía quedarse encinta, y necesitaba un esposo, sus hermanas se habían casado, sus padres eran muy mayores. ¿Qué sería de ella sin un marido y preñada? Quedar preñada en esa situación la aterraba.

Él no le dijo "cásate conmigo, es lo correcto," lo pensó... Algo le impidió hablar. Lo había hecho para vengarse y ahora Phoebe regresaría a su hogar y tendría otro esposo. Y ese hombre tendría una esposa apasionada, ardiente y él tendría permiso para tenerla las veces que quisiera, tendrían niños y un hogar floreciente... La tendría a ella, a la joven que él había deshojado, y despertado a la más dulce sensualidad.

Phoebe estaba decidida a marcharse, lo haría y entonces se sintió deprimida. Una feroz apatía la envolvió al pensar en su regreso. Demonios: ¿qué les diría a sus padres? ¿Qué historia contaría para explicar su ausencia? Además, había cambiado... Porque sabía que había cambiado y que...

Sin darse cuenta estaba llorando.

Ya no era una jovencita inocente esperando la noche de bodas, sabía de noche de bodas mucho más que sus amigas, sus primas y sus hermanas... Y ahora comprendía por qué siempre había sentido curiosidad y le atraían tanto los besos, las caricias. Su cuerpo había despertado y ahora era una mujer, muchos dirían que de mala reputación.

Dio unos pasos decidida, no quería que él la viera así, él había prometido llevarla a su casa, había dado su palabra y no deseaba que pensara que... en realidad quería quedarse con él, estaba confundida, no quería otro esposo, ni que otro hombre la tocara. ¿Cómo podría hacer como si nada hubiera pasado?

Había sido un trato.

Seducción, deseo, lujuria, todo eso y algo más que ni siquiera quería pensar. Lo había escogido para que fuera su primer amante, porque en el pasado había sido su primer amor.

Un amor que había abandonado para prometerse a otro. Pensando en él había decidido casarse con sir Edward y ahora...

Ahora su mente, su corazón, todo era un torbellino confuso.

Además, había oído pestes de los Cavendish, él nunca sería un marido apropiado ni le había insinuado siquiera que planeara convertirla en su esposa.

Tenía orgullo. No suplicaría, no demostraría que deseaba correr a sus brazos. Debía ser fuerte, no sería la única joven que tenía un amante antes del matrimonio.

¿Por qué diablos estaba llorando? No debía hacerlo...

Malcolm permaneció silencioso observándola, de todas las veces que la había espiado era la primera vez que la veía así: triste, desorientada. ¿Acaso se había arrepentido de haber sido su amante esas semanas?

—Phoebe—dijo su nombre despacio y ella lo miró sorprendida y asustada. Estaba llorando y aunque quiso secar sus lágrimas notó la tristeza y confusión de esos ojos aterciopelados, tan dulces... seguía siendo una chiquilla, aunque hubiera sido toda una mujer en su cama esos días de ensueño, ahora se veía desdichada, triste...

Pues no lo diría ni le suplicaría, tenía su orgullo. Él le había prometido su libertad a cambio de fuera su amante entonces... Pues ya era libre.

—Estoy lista para volver a casa Malcolm.

No, no lo estaba. Le estaba mintiendo y él odiaba las mentiras. Así que se acercó a ella y se quedó mirándola con una ira silenciosa. Phoebe se alejó asustada. —Por qué me miras así Cavendish? Habéis dado vuestra palabra, y yo he cumplido mi parte, llevadme ahora a mi casa, por favor—le ordenó.

Mentiras, órdenes... ¿Y qué se creía Cavendish para hablarle así? Odiaba la arrogancia en la mujer, las mentiras y los besos que le había robado hacía tiempo para luego prometerse a un hombre más importante.

—Yo no prometí nada preciosa, dije que te dejaría ir cuando fueras mi querida, un tiempo, hasta que me sintiera satisfecho... estás llorando como una niñita, no quieres irte ¿verdad? ¿Temes llevar en tu vientre un pequeño Cavendish para recordar tu pequeña aventura?

¡Ese hombre estaba loco de remate, no tenía dudas!

Dio un paso atrás sintiéndose más desamparada que nunca, tenía razón, estaba asustada, podía tener su semilla, y además...

Debía calmarse, no llegaría a ningún lado si lo enfrentaba, conocía su genio vivo, su orgullo y él... No pensaba como los hombres normales, todavía le guardaba rencor por haberlo abandonado aquella vez o porque...

—Por favor, Malcolm... Tú lo dijiste. No entiendo tu rabia, estoy temblando, no sé cómo haré para llegar a mi casa, qué les diré a mis padres ni cómo podré seguir adelante después que... ¿Tanto me odias que esperas dejarme preñada para dejarme ir? ¿Eso deseas?

Él no se defendió entonces ella estalló en llanto y él quiso calmarla, divertido por el berrinche y disfrutando aún más su desesperación.

—Tranquilízate pequeña, no te odio, deja de berrear como una chiquilla consentida. No tienes que volver a tu casa, no soy un rufián ni planeo llenarte de bastardos. ¿Pude hacerlo mucho antes no crees? Ahora descansa, luego hablaremos.

Phoebe sintió deseos de gritar. No quería que se fuera y la dejara sola, odiaba que hiciera eso, las horas de angustia en esa habitación eran interminables y desesperada lo siguió y se echó en sus brazos.

No hablaron, ella lo besó y él la apretó contra su pecho, era suya maldición, no podía dejarla ir durante meses había planeado su venganza hasta las últimas consecuencias. La había seducido, la tenía a su merced, ella quería ser suya en esos momentos, entregarse a él y al parecer en la cama era el único lugar donde se entendían de maravillas como dos buenos amantes.

Phoebe lo abrazó y volvió a llorar cuando entró en ella y lo sintió tan cerca mientras él besaba sus lágrimas y la apretaba contra la cama para hacerla suya una y otra vez, con rudeza, con ternura hasta estallar de placer en su cuerpo, sin detenerse, sin pensar en nada más que en su placer, su amante... Suya... Todo su cuerpo le pertenecía y jamás había sentido eso. La había seducido, deshonrado y seguramente dejado preñada. No era tan ingenuo de pensar que podía dormir con una mujer tanto tiempo sin que hubiera consecuencias. Era un malvado rufián y lo sabía, había raptado y seducido a una joven virtuosa creyendo que ya no lo era y ahora sentía placer al retenerla mientras volvía a llenarla con su placer por segunda vez y la atrapaba para que no pudiera escapar a lavarse como hacía a veces.

—Ya es tarde preciosa, es tarde para lágrimas —le dijo.

Phoebe se acercó y lo abrazó, sin saber por qué sintió deseos de llorar y lo hizo.

—No llores preciosa, siempre creí que eras una niñita para casarte tan joven, me equivocaba por supuesto, al parecer estás más que lista para tener un marido... Y lo correcto es que me case contigo.

Su corazón latió acelerado y ella lo miró sin decir nada, no quería que fuera así, su boda debía ser planeada, deseada, conveniente... ¡Dios! Era tarde para hacer planes, su vida había cambiado la noche del accidente y sabía que no quería otro hombre, que lentamente la había seducido y se había adueñado de su cuerpo, subyugándola, dominándola casi por completo. Ya no lloraba, se sentía tranquila, segura. Necesitaba un esposo, lo necesitaba a él y de pronto pensó en sus palabras "demasiado tarde para derramar lágrimas".

******

Ella habría deseado protestar, la boda había sido un mero contrato formal en una iglesia donde el diablo perdió el poncho, sin fiesta, sin brindis y con un vestido azul porque le había avisado el día interior que harían un viaje espantoso a una tierra helada para poder casarse.

Phoebe dio su consentimiento y firmó el acta con mano trémula.

La iglesia estaba vacía y sintió deseos de llorar y lo hizo.

No era delicado hacer preguntas ni protestar, se había casado con ella como todo un caballero y aunque esto le despertara desazón y cierta desconfianza. No era lo que había soñado, en el pasado su madre le había hablado del matrimonio, le había dicho cuáles eran los deberes de una buena esposa: obedecer, jamás elevar la voz y aceptar lo irremediable. Hacer economía por si los malos tiempo y también...

Entraron al carruaje y él la besó envolviéndola entre sus brazos—Señora Cavendish, ahora regresaremos a Coventor y les daré la noticia a mis familiares. Se sentirán algo desilusionados.

—¿Y por qué vinimos a este lugar? No lo comprendo señor Cavendish.

Él se puso serio.

—Hay muchas cosas de mí que no entiende señora Phoebe, debería estar acostumbrada.

Aunque es sencillo de explicar esta vez, su padre jamás habría aceptado nuestra boda así que debía prescindir de su consentimiento, usted no tiene edad para casarse sin su aprobación así que debimos venir a Gretna Green a casarnos. Además, bueno, usted estaba prometida a otro hombre y sus padres... Ahora podrá escribirles y decirles que se ha casado conmigo.

Phoebe no dijo nada, aceptó la explicación y pensó en Edward, no se arrepentía porque esa noche en el carruaje él...

Sintió un estremecimiento, había tenido tanto miedo, sir Edward parecía poseído por la lujuria y le había pedido para adelantar la boda.

—Piensa usted en su prometido, señora Cavendish.

Él tenía esa costumbre, como si adivinara sus pensamientos y esa habilidad le recordaba al demonio, a los poderes que decían habían heredado sus ancestros del diablo.

—Soy su esposa ahora señor Cavendish, no hablaré de sir Edward, está muerto.

—Es verdad, y usted no lamentó demasiado su muerte...

Phoebe lo miró furiosa, vaya marido que le había enviado el señor: atrevido, indomable y brutalmente sincero.

—Usted fue el más beneficiado con su muerte sir Cavendish, aunque esa noche... comprendí que no quería ser su esposa, que no quería que me tocara...

Él la miró con intensidad sin decir palabra, era su secreto y no hablaría de ello.

— ¿Y por qué aceptó casarse con él si no le atraía para nada?

—Porque me engañó. Me dejé envolver y convencer por mi tía de que era el mejor de los candidatos. Era un caballero guapo y agradable, me inspiraba confianza, seguridad. Y esperó paciente durante meses a que le prestara atención.

—Y estaba muy apurado por adelantar la noche de bodas en el carruaje.

Phoebe lo miró sorprendida y sonrojada. No quería hablar de eso, no se debía hablar mal de los muertos.

—¿Y cree que su familia aceptará una boda celebrada con prisas y en Escocia? —dijo para cambiar de tema.

—Lo harán, soy el heredero de esa familia de locos señora Cavendish. Y no se inquiete, la aceptarán y será usted una más de nuestro clan. Encontrará sus costumbres algo extravagantes, nuestras fiestas y leyendas, no son más que cuentos. No hay fantasmas en Coventor, se lo aseguro.

¿Fantasmas en Coventor?

—¿Y las esposas que murieron, y el demonio que aparece para cobrar su pacto?

Él sonrió.

—Sabe usted mucho de nuestras leyendas. ¿Fue por eso por lo que decidió abandonarme y prometerse a sir Edward?

Phoebe se puso seria.

¡Era tan joven entonces, tan ingenua!

—Solo fueron unos besos, no pensé que usted tuviera un interés serio en mí señor Cavendish, o que mi compromiso con sir Bentham llegaría a afectarle tanto.

Él la miró con fijeza. ¡Vaya, la pequeñina tenía respuesta rápida! Y sus palabras certeras. Habían sido más que unos besos, le gustaba esa chiquilla y le dolió que se prometiera a otro hombre más guapo y rico.

—¿Usted está seguro de esta boda sir Cavendish, no teme estar cometiendo un error? Jamás le pedí que hiciera esto.

Él la atrapó y la sentó en su falda y comenzó a besarla, a acariciar sus pechos a través del corsé pese a sus protestas de que alguien podía verlos.

—Nadie nos mira preciosa, soy tu esposo, obedéceme y respétame y no habrá problemas. Nunca me seas infiel ni os mostréis caprichosa y todo saldrá bien. Tú ya tienes ganada una parte importante... ¿Y sabes cuál es verdad?

Phoebe se sonrojó y protestó, pero él le ordenó que se quedara quieta, iba a hacerle el amor en el carruaje y no esperaba que se resistiera. Ella lo dejó resignada y se durmió poco después de sentir que estallaba en su cuerpo, la dejaría preñada, no lo evitaría, sería una esposa atada a la cama y llena de hijos. Aunque eso no le importaba, no se quejaba, le gustaba, sonaba divertido... No era como sus primas ni como sus hermanas santurronas que a poco de casarse vivían quejándose de todo, cuando lo que les molestaba en realidad era tener que dormir con sus maridos y soportar la intimidad. Una de ellas se lo había confesado, sentía asco cuando follaban. Era doloroso, incómodo y no sé qué más. Ella sabía que no era así, para ella la intimidad era lo más placentero del mundo y solo cuando estaba en su cuerpo se sentía completa y satisfecha, todas sus dudas y las rabietas se esfumaban, y porque él estaba allí para calmarla. Su esposo también lo disfrutaba, ella lo había atrapado sin embargo sabía que, aunque atrapado jamás podría domeñarlo, lo intuía...

4

Conocía solo el ala este de la mansión donde había vivido encerrada esas semanas sin que nadie supiera sin embargo ahora sería la señora Cavendish, la nueva esposa de esa familia de la que se contaban tantas leyendas nefastas.

Malcolm tomó su mano y la guio al interior del salón principal donde aguardaban los sirvientes y sus familiares. Phoebe estaba tan nerviosa que apenas pudo retener los nombres. Eran un grupo numeroso; allí estaba su madre, lady Catherine: una dama delgada y de cabello blanco, escaso, recogido en un moño, sus ojos azules brillaban en el rostro pequeño, amable, frágil, su hermana la tía Elaine era una dama más alta y de aspecto orgulloso, los ojos oscuros y los labios apretados, su expresión se dulcificó ante la presencia de Malcolm, Phoebe supuso que era su favorito.

Este sonrió y la presentó como su esposa y nadie hizo preguntas, uno a uno la saludaron cordiales: sus dos hermanos menores gemelos; Elizabeth y Thomas, ambos de cabello oscuro y ojos cafés y sus primos más cercanos según supo después Andrew y Oswald, sus otros tíos y hasta su abuela, una dama de edad avanzada muy parecida a su madre estaba presente, todos observaban a la jovencita con diferentes expresiones.

Era hermosa, encantadora y afortunadamente no lucía tan esmirriada como algunas, sino que tenía buenos huesos y buenas caderas, piel fresca, rosada y se veía muy saludable. Eso pensó la anciana y matriarca de la familia.

Phoebe se reunió con su esposo al anochecer, ocuparían la habitación nupcial como todos los herederos Cavendish por centurias. Una doncella nueva de cabello rojo y rostro pecoso entró para ayudarla con su vestido sin embargo él la expulsó, planeaba ayudarla con el baño y desnudarla por completo. Disfrutaba viéndola desnuda, acariciando su cuerpo, era su mujer, suya y adoraba cada curva...

Ella rio al sentir sus caricias, mientras se sumergía en la tina con agua de rosas y jabón, necesitaba un buen baño y lo necesitaba a él. La excitaba sentir sus miradas y sus manos...

—Sal del agua sirena o iré por ti—le ordenó de pronto mientras se quitaba el chaleco lentamente.

Ella rio y le tiró jabón, no, no iba a hacerle caso...

—Sal de allí—insistió él.

Phoebe no le hizo caso, el tono autoritario la sorprendió, ese Cavendish no tenía modales, ¿qué se creía? Además, la erotizaba hacerlo rabiar un pelín... Enfurecerle, porque ardía como un loco por tenerla y ella se le escapaba, se le escurría porque estaba mojada y gritaba y reía sin parar.

Terminó empapado porque se metió en la tina para atraparla, furioso y excitado la atrapó y le dio un beso salvaje arrastrándola a la cama. Era hermosa, atrevida, desafiante, y no le gustaba que le desobedeciera, la pondría en su sitio: sabía bien cómo hacerlo.

—¡Suélteme, salvaje Cavendish, me hace daño! —se quejó ella.

—Necesitas aprender obediencia muchacha, sabes que detesto eso, eres mi esposa ahora y no puedes siquiera pensar en desafiarme, ven aquí.

Su cuerpo lo volvía loco y lo besó atrapando su tesoro para deleitarse con él, el tiempo que quisiera. Phoebe chilló resistiéndose y entre forcejeos hundió su vara en su sexo sin que pudiera hacer nada. Ella también lo deseaba sin embargo no había dado su consentimiento y lloró furiosa, odiaba que la tratara así, no era su esclava ni él su amo. Él la miró con intensidad mientras la follaba como un demonio recordándole que era suya, que le pertenecía "soy tu marido ahora, preciosa y te tomaré las veces que desee, quieras o no... Aunque tú siempre quieres, ¿no es así?

Ella se ruborizó con esas palabras, una mezcla de rabia y excitación la envolvieron, sí, tenía razón, siempre lo deseaba, aunque nunca había sido así y le gustaba, quería que siguiera follándola así duro, salvaje, que la tomara como su esclava, su mujer... suya, y mientras su cuerpo estallaba en convulsiones sentía que él gemía y la llenaba con su simiente, la llenaba por completo y eso le daba un placer tan intenso que la hizo llorar.

"Bésame, por favor" le pidió. Él la miró con fijeza y de pronto sonrió susurrándole "suplícame preciosa". Phoebe se estremeció, definitivamente ese hombre era el diablo, ¿qué pretendía? Sostuvo su mirada y sus ojos se llenaron de lágrimas, no le suplicó, jamás suplicaría un beso ni le suplicaría nada. Y ofendida le dio la espalda, le gustaba estar en la cama con él y aceptaba sus juegos, y el deleite de cada caricia, aunque necesitaba ser besada mientras hacían el amor o después... Recibir más afecto, sentirse amada...

Él observó su gesto de niña enfurruñada y sonrió mientras acariciaba su espalda y la besaba con suavidad. Sabía ser muy tierno cuando quería, y suave también...

Ella se volvió y lo miró y él la besó, atrapó su boca y poco después su pubis, se moría por poseerla de nuevo, por hacerla sentir que le pertenecía, su mujer, su esposa, suya, para siempre...Y cuando Phoebe gimió desesperada y lo besó él sintió sus lágrimas recorrer sus mejillas y esa voz ahogada suplicándole un beso. Él sonrió satisfecho y la besó con una pasión salvaje, abrazadora mientras la tendía de espalda y probaba un juego nuevo...

Ella lo miró excitada y curiosa, ¿qué iba a hacer? Se preguntó y él volvió a besarla, a prepararla para una posesión nueva. "Tranquila, quédate así quieta, si es doloroso para ti no lo haré, no seguiré adelante, lo prometo" le susurró. Phoebe no estaba asustada, no sabía qué planeaba ni creía que... sus ojos brillaron cuando la abrazó por detrás y la penetró con mucha suavidad, le gustaba, era un demonio sensual y sabía volverla loca, empujarla al abismo del placer. Y ella quería complacerle, quería conocer la lujuria en todo su esplendor... No le dolía, le gustaba, estaba tan excitada que lo alentó a continuar, él atrapó su boca y la folló muy despacio sintiendo como todo su miembro entraba en su cuerpo y era devorado por este, fundidos, hacía tiempo que quería tener ese hermoso trasero redondo, pero temía que se negara o que sintiera miedo. Se equivocaba, su esposa era una damisela ardiente que disfrutaba cada caricia y se entregaba a él sin reservas, dando todo de sí como ninguna mujer lo había hecho jamás... Dulce, ardiente, femenina, hermosa, era parte de su vida, de su cuerpo, de su alma... amante y apasionada, tan ardiente... la besó una y otra vez mientras estallaba en placer y la abrazaba con tanta fuerza, hasta casi perder el aliento.

Su noche de bodas, su gran noche de bodas, nunca imaginó que sería así, era afortunado...

******

Phoebe escribió a sus padres contándoles que estaba bien y que acababa de casarse con Malcolm Cavendish, de Coventor Manor. La historia era larga de contar y, en resumen: él la había rescatado de un grupo de bandidos esa noche y luego de la horrible tragedia...

Su pulso tembló y se dijo que odiaba mentir, no deseaba hacerlo, aunque sabía que debía escribir a sus padres para que supieran que estaba bien.

La respuesta fue una visita inesperada días después, de sus padres y la noticia corrió a mucha velocidad por el condado, la historia inverosímil de un intento de rapto y de la oportuna intervención del joven Cavendish.

Todos opinaron que era muy afortunada.

Sus padres se alegraron de verla, pero se mostraron algo reservados con respecto a su matrimonio y a su yerno. No era lo que habían soñado para ella por supuesto, casi podía leer sus pensamientos.

No porque la familia no tuviera linaje ni posición, no era eso... Solo que había ciertas historias algo extrañas sobre los Cavendish.

El matrimonio había sido apresurado, su padre estaba disgustado por ello, eso le confesó su madre cuando dieron un paseo a solas por la propiedad.

—Phoebe, esa boda... Realmente querías casarte con ese joven o acaso...

Su madre se sonrojó incómoda. Temía que ese hombre la hubiera seducido o que esos bandidos... No quería ni imaginar el terror que vivió su hija cautiva de esos malnacidos. Malcolm la había ayudado a tramar esa mentira, no podía confesarles que había estado escondida en Coventor ni que... Su madre que era tan pacata habría sufrido terriblemente de haber sabido la verdad.

—Querida, tu padre dijo que debiste avisarnos, esa boda en Escocia celebrada con prisas... No fue correcto que lo hicieras por supuesto, aunque... bueno, comprendo que no fue sencillo para ti. Ahora estás atada a ese Cavendish y eso me asusta un poco. Sabes que tienen mala fama, que no tratan muy bien a sus esposas y...

Phoebe contempló el paisaje desolado de la campiña y pensó que su marido era perfecto para ella; ardiente, sensual, lo único que le molestaba era cuando se ponía autoritario y le daba órdenes. Ella no toleraba recibir órdenes de nadie, y él no soportaba que ella le desobedeciera...

A pesar de que no fuera el esposo que siempre había soñado, comprendía que...

La voz de su madre la despertó de sus pensamientos.

—Phoebe, realmente no logro entender por qué... Sir Edward era todo un caballero y morir así, qué tragedia y tú ... ¿cómo pudiste casarte tan pronto con un Cavendish? La familia Bentham debe estar muy disgustada, ahora todos comentan esto y no es ... de la mejor manera me temo.

Phoebe miró a la distancia. Sir Edward... Tenía la sensación de que habían pasado mil años desde ese accidente, sabía que alguien lo había matado o eso decía su madre. El caso siempre había sido algo confuso, y por una extraña razón nunca había hablado con Malcolm de lo ocurrido esa noche, no en profundidad... En ocasiones tenía sueños extraños y sentimientos confusos, recordaba sí que Edward la había besado y que había intentado seducirla, de forzarla...

—Hija, temo que esa familia venga a Coventor a hacerte preguntas, a querer saber la historia de esos bandidos. Tú fuiste la última que lo vio con vida y ellos siempre han dicho que fue una horrible venganza. Su primo Albert es ahora el heredero del señorío de Merton House.

Su madre parecía turbada, nerviosa, disgustada y de pronto le preguntó si su esposo y su familia la trataban con decoro y educación. Una pregunta extraña.

—Son muy amables conmigo mamá, y Malcolm también lo es.

Su madre se sonrojó al recordar a Phoebe con diez años espiando al joven Cavendish, aguardando impaciente su llegada. Nunca supo cómo el señor le había mandado a esa jovencita tan pícara y demasiado despierta para su edad. Debió darle una buena zurra cuando a los trece la encontró besándose con el hijo de un mozo de cuadra de quince años muy guapo llamado Alfred, y luego cuando descubrió que espiaba a los chicos en el río...

Lady Hillton tragó saliva, ella misma había sido quién la empujara a prometerse a sir Edward cuando su hermana solterona le confesó haber visto a Phoebe tendida en la hierba, besándose de forma muy atrevida con el joven Cavendish. Oh, ese Cavendish, esa historia del rapto era tan rara como la muerte repentina de su prometido. No quería pensar en ello ni... La pequeña Phoebe siempre había sido su debilidad, de pequeña siempre había sido dulce, obediente, tan alegre cantando canciones que ella le enseñaba, recitando sus oraciones y luego... Al crecer había cambiado, había cierta sombra de lujuria en ella heredada de aquella tía que tanto disgusto había causado a su pobre abuelo... Nunca entendería por qué de damas tan virtuosas a veces salían pequeñas desvergonzadas...

La dama se avergonzó de sus pensamientos, no quería llamar así a su niña, nunca había querido y aquel día se peleó a muerte con su hermana Gertrudis para defenderla, no era justo que llamaran así a su preciosa niña. Phoebe era hermosa, atrevida y ahora se había casado, era una dama decente y a salvo de los peligros del pecado de la carne. Fingía no saber nada, su marido ni siquiera lo imaginaba, en algún momento tuvo una sospecha demostrando su preocupación por lo mucho que había crecido su hija últimamente. Sí, los últimos meses no solo había engordado, eso era lo menos importante, lo peligroso eran los caballeros mirando esos cambios en su cuerpo: en sus caderas, en su escote y en la forma de caminar...

—Mami, deja de preocuparte, estoy bien... Quería casarme con Malcolm y pensé que jamás me lo pediría y cuando ocurrió esa desgracia...

Su madre no era tonta, una cosa era que fingiera serlo y fingiera creerse cada una de las patrañas que le decía su hijita más mimada y querida.

—Phoebe, pensamos que te habían vendido como una esclava, que estabas en América, alguien dijo haberte visto en Boston tiempo atrás... Y dijeron tantas cosas horribles sobre esa noche... Una venganza contra Bentham...

—Madre, no pienses esas cosas, soy feliz, y creo que casarme con sir Edward no habría sido tan acertado como todos creían.

Esas palabras alarmaron a su madre.

—¿Por qué lo dices? Era un hombre tan educado, de modales tan encantadores, rico, de excelente familia y jamás...

—Mamá, yo no lo quería, lo acepté porque tú insististe y porque él también insistió y confieso que al principio me sentí deslumbrada por sus atenciones. Y que luego... Es que era tan joven, tan inexperta y estos meses creo que he crecido deprisa.

Su madre guardó silencio, pensando que al menos ahora era la esposa de un hombre respetable, un Cavendish, jamás habría esperado una unión con Cavendish sabía que ahora era tarde para lamentaciones, al menos no se había casado preñada o... En realidad, sabía muy poco del asunto y se negaba a meditar demasiado.

La familia de su esposo organizó una cena en honor a sus padres y luego esperaban celebrar una pequeña recepción para los recién casados.

Esa noche Phoebe no se apartó de Malcolm y su madre pensó que parecían muy enamorados y eso le dio mucha tranquilidad, no había nada más triste que ver a dos recién casados distanciados o riñendo, o tratándose con una fría indiferencia. Ella lo había visto muchas veces, Meg su hija mayor, la pobre sufría tanto...

Sin embargo, cuando lady Hillton abandonó la mansión las palabras de su esposo la disgustaron.

—Coventor: el cementerio de las novias... Nuestra hija ha perdido el sano juicio, su prometido murió y la familia Cavendish no deja de hablar de la fiesta que están organizando en honor a los recién casados. ¡Y se casaron en Escocia como dos novios rebeldes! ¡Esto no pudo ser peor querida! —se quejó.

Tenía razón, todo era una locura repentina, un sueño absurdo: su hija casada con un Cavendish, un tío suyo se había batido a duelo por el honor de su coqueta esposa que al parecer había hecho algo más que flirtear con un primo de la familia, luego ese pacto con el diablo y la muerte prematura de varias novias Cavendish... Una de ellas se había arrojado de lo más alto porque no soportaba las exigencias nocturnas de su marido, otra simplemente había muerto ahogada en un lago de la propiedad, y luego aquel suicidio de un patriarca hacía más de cien años. Morían jóvenes, o eso decían... Libertinos, jugadores, frecuentaban clubes y burdeles, locos, malvados, escandalosos y estaba también ese asunto de la maldición...

—Nuestra hija no pudo hacer una boda más desastrosa que esa Amalia —su marido volvió al ataque, rojo como un tomate mientras el carruaje avanzaba camino a White Flowers. —De veras que no. Tan hermosa, y tan boba, con un pretendiente como sir Edward... esto es un escándalo, tan terrible como si la hubieran secuestrado los indios del nuevo continente.

Sir Hillton estaba furioso y luego de soportar a esos Cavendish por más de cinco horas el pobre hombre sentía que iba a explotar.

—Has visto a la hermana de nuestro yerno? Esa chica no está muy bien de la cabeza. Tara hereditaria la llaman y lo más triste que eso se hereda...—insistió.

—Oh, Charles... Es muy triste, pero ¿qué podemos hacer?

"Nada en absoluto. Su hija estaba casada, la boda era perfectamente legal y sospechaba que el matrimonio se había consumado mucho antes... Conociendo a Phoebe... Pero no podía decirle sus sospechas a su pobre esposa, ella era tan inocente, tan buena, y siempre la había consentido. ¡Pues ahora todos sufrirían las consecuencias de las locuras de esa niña, todos, él también!" pensó sir Charles Hillton sombrío.

5

Una mañana Phoebe salió a dar un paseo con Malcolm, quería conocer los alrededores, y acompañarle pues durante el día su esposo se escabullía por obligaciones del señorío; charla con arrendatarios, cobro de riendas, paseo a caballo y demás. Ese día lo quería solo para ella como en las tardes, o en las noches...

Caminar juntos era una experiencia bella, gratificante, distinta, era compartir un momento sin que fuera la cama, era charlar y sentir esas cosas...

El día anterior habían reñido y Phoebe lo recordó, entonces había llorado cuando él le ordenó que regresara a la casa de malas maneras al verla caminar por los jardines sin compañía. Ella solo había querido ir a su encuentro y sin embargo él no se había mostrado tan entusiasmado, parecía furioso con ella.

—Regresa a la casa esposa mía—le había dicho como si fuera un señor medieval de algún cuento de su infancia.

La jovencita lo miró perpleja, la mirada de su esposo no admitía réplica y lo más detestable, era que éste le diera órdenes frente a sus mozos y arrendatarios. Ella no era su esclava. Era su esposa y cuando al anochecer la buscó para tener intimidad riñeron. Estaba furiosa y sin embargo no pudo evitar rendirse a sus besos, siempre lo hacía, no podía estar un solo día sin hacer el amor, ese acto tan maravilloso y placentero...

Luego se habían reconciliado, ella había llorado diciéndole que odiaba que la tratara así, y él se disculpó en voz muy baja mientras le hacía el amor de nuevo.

Y recordando ese momento ella se sentó en sus piernas y lo abrazó, en un lugar escondido del jardín.

—Siempre sales y me dejas sola Malcolm—dijo de pronto.

Él sonrió y acarició su cabello y atrapó su cintura para darle un beso profundo. Deseaba hacerle el amor en ese jardín sin embargo temía que alguien los viera, esos mozos siempre merodeaban por los alrededores.

—No puedo quedarme todo el día haciendo el amor, preciosa, en invierno tal vez, ahora... Pero sé buena niña y obedéceme cuando te pido que no salgas sola a dar paseos, tu lugar es en la casa, como una dama Cavendish. No debes salir de Coventor sin antes avisarme...

No quería que nadie la observara con lujuria ni que intentara... Los celos en ocasiones le hacían pensar tonterías, bueno era un Cavendish: ardiente, lujurioso y extremadamente posesivo y celoso. Y ella era su hermosa, suya, su muñeca consentida de White Flowers, la misma que lo espiaba siendo una chicuela y le dedicaba pícaras miradas y ... Ahora era su esposa y no debía pensar que sería capaz de serle infiel, si eso ocurría...

Ella gimió al sentir sus caricias y lo besó sin pensar que alguien podía verlos, aunque él no iba a hacerlo en ese lugar, solo quería contemplarla y adivinar lo que pensaba, lo que sentía cuando la tenía entre sus brazos. Odiaba que otros hombres la miraran, aunque fueran sus propios primos y amigos, era imposible no hacerlo se trataba de una dama hermosa. Su mirada radiante, dulce, voluptuosa, su cuerpo era perfecto, era una tentación capaz de volver loco a un hombre, él lo sabía muy bien, planeando vengarse de la coqueta había terminado bajo su hechizo, atado en un matrimonio que jamás había planeado. Y esa sensación de estar atrapado a veces lo enojaba, sentir que estaba loco por ella también, pero si él estaba cautivo ella también lo estaría y si descubría que era capaz de engañarle...

Phoebe lo apartó, no quería hacerlo en los jardines, podían verlos, ahora era ella quien estaba asustada, había tenido la sensación de que alguien los espiaba.

Cuando se lo dijo Malcolm la liberó y buscó a su alrededor furioso. Al no ver a nadie la interrogó.

—¿Y quién ha estado siguiéndote Phoebe? —quiso saber.

Ella retrocedió asustada. "No lo sé... ¿Por qué habría de saberlo?

Él la atrapó y la retuvo hasta que la jovencita comenzó a temblar, no entendía por qué tenía esas reacciones, ese hombre la asustaba, a veces temía que estuviera loco.

—Todos te miran, ¿no es así? Tú lo sabes, sabes bien el deseo que despiertas en los hombres Phoebe. Y no habrá más coqueteos para ti ahora, eres mi mujer y me perteneces, no tienes libertad, ni te atreverás a coquetear de nuevo.

Los ojos de la dama se abrieron sorprendidos, no podía creer que la acusara de coquetear ni que pensara que...

—No te pertenezco Cavendish, no soy tu esclava, ni una cosa que tomas para darte placer cuando se te antoja, soy una dama y soy una Carrington. Me ofendes de una manera espantosa, ¿acaso crees que sería capaz?... ¡Te odio Cavendish, eres un maldito!

En esos momentos lo habría golpeado, se moría por darle una bofetada, estaba tan furiosa que temía descontrolarse y actuar como una tendera sin modales. Su educación se lo impedía, así que ahogó esa ofensa sintiendo un dolor tan espantoso que se alejó. Quiso regresar a la casa y huir de ese hombre, llevaban dos meses casados y en esos momentos quería olvidar que había cometido la locura de casarse con ese hombre. Jamás debió hacerlo... debió regresar a su casa y buscarse un marido más apropiado. No era una buscona ni una cualquiera, había sido coqueta y curiosa, algo atrevida sí, eso no la convertía en una ramera... Maldita sea, solo había dormido con él y jamás pensó siquiera en...

— ¡Phoebe, ven aquí! ¡Phoebe! —la llamó furioso.

Ella corrió y él la alcanzó cuando llegaba al lago. Forcejearon y la joven cayó al suelo y se lastimó la rodilla y volvió a llorar como una niñita asustada y consentida.

—Quieta, déjame ver pequeña—dijo él.

No era grave, no le importaba. Malcolm insistió en llevarla en brazos pese a sus protestas, a solas en la habitación lavó la herida y miró sus piernas con deseo, un deseo que fue creciendo lentamente.

—Déjame, tú piensas que soy una mujerzuela—dijo ella ofendida. Estaba pálida y sus ojos agrandados, llenos de ira y dolor.

Él se puso serio.

—Yo no dije eso, Phoebe.

—¡Pero lo piensas! Dilo. Di que soy una de esas capaces de dormir con cualquier hombre. Yo no soy una ramera Cavendish, nunca he hecho nada de malo, y jamás siquiera pensé... Maldito seas Malcolm, me has herido y no voy a perdonarte y si crees que porque me casé contigo soy de tu propiedad te equivocas. Muchos hombres abandonan a sus esposas sin importarle nada de este sagrado vínculo, y yo no quiero seguir casada con un hombre que me tiene tan poco respeto y estima.

Se hizo un silencio embarazoso. Cavendish terminó de vendar la herida y besó su rodilla con suavidad.

—Deja de decir tonterías, chiquilla, ya no eres una niña y el matrimonio no puede deshacerse, no puedes cambiar las cosas a tu capricho. Jamás te he insultado, solo quise saber si acaso alguien había estado espiándote. Eres mi esposa y me perteneces, eres una Cavendish ahora y no puedes marcharte, no lo permitiré. Tranquilízate.

Phoebe lo miró desafiante, quiso escapar y él la retuvo, la envolvió con sus brazos hasta que perdió el aliento. Estaba furiosa y no quería que le hiciera el amor, y lloró al sentir que no podría impedírselo, que sus besos y su cuerpo la atrapaban y la dejaban indefensa. "Eres mi esposa, no puedes negarte a mí" le recordó él.

Ella lloró sin responderle y cuando entró en su pubis la sintió estrecha, como si se negaba a ser suya y en esos momentos parecía odiarlo. Malcolm la besó y consoló, pero Phoebe estaba inmóvil, furiosa, la había herido y no lo perdonaría...

Era una pequeña bruja de hechiceros ojos azules y labios rojos, su cuerpo lo atrapaba y estaba loco por ella, tanto que habría matado por su causa. Su cuerpo era su cautiverio, su hogar, su amor, lo era y eso nunca cambiaría... Hacía tiempo que esa chiquilla lo había conquistado y vuelto loco, más tiempo del que habría imaginado.

Ni la intimidad ni sus caricias le dieron consuelo ese día, Phoebe tenía el corazón roto y sintió que nada más le importaba. Él la había llamado buscona, coqueta descarada, o lo había insinuado y eso había dolido porque no era cierto.

****

Al día siguiente no podía levantarse, se sentía débil, enferma, le dolía tanto la cabeza que sentía que iba a estallar.

Lo único que le dio ánimo para salir de la cama fue la sensación de que devolvería en cualquier momento y no quería estropear las preciosas sábanas. ¡Al diablo! Al diablo las sábanas, su marido, ella no era su esclava, no podía tratarla así, era un bruto, un demonio, un loco Cavendish con todas las letras...

Y ella se había casado con él y anoche, la había tomado sin que ella quisiera haciéndole sentir que le pertenecía casi como una esclava comprada en subasta, una ramera para darle placer...

Phoebe cayó al piso sintiéndose tan mal que llamó a gritos a las doncellas. Iba a morir, oh, iba a morir en ese horrible caserío como todas las novias Cavendish. Estaba sangrando, sangraba y no comprendía...

Cuando las doncellas entraron la encontraron tendida en el piso, desmayada, corrieron en busca del médico, pero este no pudo hacer nada. Phoebe acababa de perder un embarazo reciente.

Saberlo la hizo sentir una mezcla de sentimientos, un hijo, un hijo de ese demonio... Estaba furiosa con él, todavía lo estaba y pensó "fue decisión del señor, quiso liberarme para que pueda escapar de él, porque ahora nada me atará."

Malcolm fue a verla poco después y ella lo miró sin decir nada. Parecía arrepentido, atormentado.

—Perdóname Phoebe, no sabía... Debí imaginarlo... ¡Debiste decirme que estabas encinta! —le reprochó luego.

Ella lo miró furiosa. No le respondió, ni le dijo lo que pensaba porque se sentía algo abatida y aturdida por todo lo ocurrido.

En esa casa siempre ocurrían tragedias, el médico había dicho que en ocasiones las damas perdían embarazos, que era sana y tendría otros niños... Ella no quería, no tendría hijos con ese hombre, había sido tonta, se había dejado seducir como una jovencita ardiente y alocada, pasión, deseo, lujuria maldita, eso era lo que la había arrastrado a la cama de ese hombre y luego había precipitado la boda, eso y nada más. Él la había ofendido, había insinuado que era una coqueta, una pequeña ramera mirona y desvergonzada.

Phoebe lloró.

Era coqueta sí, o lo había sido antes, pícara, eso no la convertía en mujerzuela.

—Perdóname Phoebe, por favor, yo no quise ofenderte ni dije... Estaba celoso ¿entiendes? Loco de celos. Maldita sea chicuela, mírame, háblame.

Ella lo miró y fue incapaz de decir palabra, tenía el corazón roto y de sus labios salió un sollozo ahogado, desesperado que no pudo contener y él desesperado se acercó y la abrazó con mucha fuerza. Odiaba verla así, no era más que una jovencita, una chicuela que en poco tiempo se había convertido en mujer, amante y luego esposa... y él había planeado vengarse y ahora descubría por qué no había podido llevarla a cabo ni hacer nada más que sucumbir a sus brazos, a sus besos, a su cuerpo tibio, dulce, a su boca... Oírla llorar lo conmovió pues comprendió que sus celos la habían herido y estaba triste, acababa de perder un bebé, su hijo...

Secó sus lágrimas y la besó con suavidad, con ternura, mientras acariciaba su rostro y se acostaba a su lado. Al diablo Coventor y sus obligaciones, se quedaría con su esposa, ella lo necesitaba.

Phoebe lo miró sin decir nada, durante días no le habló ni tuvo en mente perdonarle, porque entonces su único pensamiento era huir de Cavendish apenas se recuperará. El doctor le había dicho que se quedara una semana, debía tomar un horrible tónico y descansar.

Su suegra y cuñada Claire fueron a visitarla. La primera era una dama agradable, de personalidad débil pero la segunda... Claire debía tener su edad y había oído que padecía una tara, no era del todo normal. No se le notaba mucho en realidad excepto cuando se distraía, y su mirada se volvía rara, casi siniestra, maligna.

Sintió alivio cuando esa chica rubia y rara se marchó, no le agradaba que diera vueltas en la habitación de un lado a otro con expresión tonta.

Cavendish fue a verla antes de la cena parecía preocupado por su salud.

—¿Estás bien, preciosa?

Siempre se lo preguntaba y en esos momentos parecía un marido tan dulce.

Ella asentía con expresión lánguida esperando que la besara o acariciara. En esa ocasión la abrazó con fuerza, atormentado por la culpa.

Mientras planeaba escapar se sentía algo atormentada. Él parecía quererla, o tal vez solo estaba arrepentido por haberla llamado coqueta sin escrúpulos.

En realidad, no lo había dicho... ¿Y no era peor que lo insinuara?

Estuvo días pensando en el asunto. Se sentía disgustada, triste... Quería escapar y se preguntó qué tan lejos quedaba Coventor de su hogar, de pequeña había corrido con su yegua zaina muchas millas hasta la vicaría y luego, conocía un atajo para llegar a Coventor y espiar a Malcolm, el guapo heredero sin que él lo notara. Así que no podía estar muy lejos...

No sería sencillo huir de ese caserío, todos la vigilaban, él la vigilaba con la excusa de que estaba preocupado por ella.

Esos días había sido tan tierno y suave, se había dormido abrazado a su cuerpo y había sentido sus brazos como sogas rodeando su espalda, su talle, aprisionándola con un lazo invisible. No quería marcharse, quería que la amara, que confiara en ella, maldita sea, y eso no era posible, no sabía si algún día la amaría o su vida sería un infierno de mal entendidos y celos...

Le llevó días planearlo, días, horas y también aguardar la oportunidad adecuada. Estaba nerviosa, inquieta y no dejaba de atormentarse pensando en las consecuencias, en las palabras de su madre sobre lo que una verdadera esposa debía ser "paciente, tolerante..." Sus padres no aceptarían que abandonara a su marido, no la recibirían muy contentos en su casa, no lo harían... La convencería de que regresara o la enviarían a casa de su tía.

Tuvo la sensación de que los días se hacían eternos y que cada noche que dormía abrazada a él sin sexo se sentía un poco culpable por pensar en abandonarle.

Escribió a su madre, y cuando enviaba su carta recibió una de su hermana Margaret, la mayor felicitándola por la boda. No era la primera que recibía, sus primas la habían felicitado semanas atrás y también su tía y su otra hermana Sophie. En ellas prometían visitarla, o le pedían que fuera a verlas sin demasiada insistencia. Hipócritas. Sophie la creía una buscona y Margaret... Pues en el pasado habían compartido sus picardías, aunque luego de la boda le había confesado que la intimidad con su marido le daba asco y que decía sufrir dolor de cabeza para evitarla.

Mientras respondía algo breve, formal y meramente cortés entró su esposo. Se había agarrado la costumbre de entrar todo el tiempo en su habitación como si sospechara que ella "tenía planes de escapar".

Avanzó con paso ligero y la miró interrogante, vio el sobre, siempre veía todo y luego vio sus ojos que brillaban con intensidad.

—¿Te han escrito una carta? Nadie me avisó —se quejó.

Phoebe frunció el ceño, visiblemente molesta. ¿Acaso pensaba que un festejante le había escrito una carta? Y antes de que dijera algo más le extendió el sobre y él lo tomó sin ninguna culpa leyendo la carta. En ocasiones los maridos leían las misivas dirigidas a sus esposas, era un derecho que tenían, sus padres siempre habían leído sus cartas y ahora lo hacía su esposo. Afortunadamente no tenía un festejante secreto ni declarado, y sus amigas y parientas jamás le habrían escrito una carta indiscreta.

Malcolm las leyó todas y luego miró con ansiedad la que ella estaba escribiendo. Odiaba que sus sirvientes cometieran esos descuidos, debieron entregarle a él las cartas de su esposa.

Ella sonrió y dijo que nunca había sido muy unida con sus primas, y que el matrimonio las absorbía por completo. Las dos estaban preñadas y no lo mencionaban, por delicadeza o vergüenza, su madre era quien la mantenía al tanto de esos asuntos.

Su esposo la miró con intensidad: estaba hermosa y lamentó que no estuviera encinta como sus primas, habría sido una forma honesta y respetable de atarla a él y lograr que esos tontos dejaran de mirarla en secreto. Porque todos la miraban, buscaban su presencia y eso lo ponía enfermo de celos. Era suya y hacía más de dos semanas que no podía tocarla, el doctor le había dicho que no podían, que esperara un tiempo más.

Él la deseaba y se moría por besar su cuerpo, llenarlo de caricias y dejarla encinta de nuevo, era una mujer fértil y tan hermosa. Era una pena que perdiera a su bebé y maldita sea, debía esperar a que se recuperara. No podía hacerlo ahora...

Una campanilla vibró en toda la casa, era la hora del almuerzo Phoebe se sobresaltó, Cavendish no dejaba de mirarla con deseo o desconfianza. Ella se miró en el espejo, acomodó su cabello y él la acompañó al comedor.

En Coventor siempre había invitados sin embargo Phoebe permanecía escondida, sin participar en ninguna conversación pues al parecer él se las ingeniaba para dejarla apartada. Bien, eso no la afectaba, ni le importaba. Sabía que era cautiva de su esposo, desde esa noche en el carruaje cuando fue rescatada por él, no salvó su honra, sino que perdió su libertad y luego también su virtud, su sensatez. Ahora era su esposa y le pertenecía, no podía escapar, y tampoco desobedecerle. Permanecer alejada le garantizaba que tal vez dejara de sufrir esos celos locos y enfermizos.

Era eso o escapar.

¡Diablos! ¿A dónde podría ir una esposa que abandonaba a su marido? Nadie querría recibirla, solo le quedaba fugarse con un amante y ella no lo tenía, ni jamás podría... No sentía deseos de vivir aventuras, solo quería ser feliz, tener una vida normal, recibir visitas, dar fiestas como la señora de Cavendish, esposa del heredero.

Su suegra no era buena anfitriona, su cuñada menos aún, era una chicuela tontuna y nada bonita.

Esa tarde cuando quiso participar de la cacería del tesoro encontró que la puerta de su habitación estaba cerrada, sorprendida comenzó a golpear... Nadie la abrió. Era increíble, no podía ser... ¡No podían dejarla encerrada en su habitación!

Frustrada y furiosa siguió golpeando la puerta hasta que quedó exhausta y con lágrimas en los ojos fue hasta la ventana. Y entonces vio que los invitados de ese día se dividían en grupos y ella claro está: no participaría. Era una especie de esclava, escondida del mundo como si fuera una mujer peligrosa, una buscona capaz de engañar y dormir con cualquier hombre.

Phoebe lloró y se dejó caer en la cama, de haberlo sabido jamás se habría casado con ese hombre. Debía escapar, no podía permitir que la dejara encerrada para siempre.

Huir muy lejos, sí, lo intentaría, debía hacerlo... ahora todos estaban distraídos, los invitados, sería sencillo, si tan solo le abrieran la puerta...

Estaba débil, desganada, triste, odiaba sentirse una prisionera, Coventor debía ser su hogar y él un marido atento y caballero. ¿Por qué demonios la encerraba? Porque eso no había sido un descuido, ese día la había mirado de forma extraña, vigilándola desde el otro extremo de la mesa. Siempre lo hacía. Ella fingía no notarlo y no habían vuelto a reñir ni... En las noches se dormía abrazada a él, y se quedaban así juntos, besándose, charlando en voz baja compartiendo cierta intimidad inesperada. No quería estar atada a ese hombre nunca más, debía buscar la forma...

¡De nuevo las lágrimas, la tristeza, la sensación de estar metida en una maldita ratonera! Atrapada en una trampa a la que ella misma entró por haber dado el mal paso, ese del que tanto le habían advertido.

Dio vueltas en la habitación en busca de algo para abrir la puerta y escapar. Sabía que era una locura sin embargo necesitaba hacer algo para no sentirse tan triste y desesperada. Y furiosa.

Abrió los cajones, buscó en ese armario antiguo horrendo color caoba y de pronto encontró un corta plumas con mango de plata, un arma para herir o... qué extraño, tenía el emblema Cavendish. Observó el objeto con los ojos muy brillantes. Entonces había esperanzas, podía escapar, debía hacerlo, todos estaban ocupados buscando el tesoro, su esposo también, se había olvidado de ella por completo.

Avanzó con prisa y se encaminó a la puerta decidida, podía huir, tomar uno de los caballos de los establos y tomar el camino a su casa. Luego hablaría con su madre y le explicaría. Era un impulso, necesitaba alejarse y darle su merecido por haberla tratado tan mal. Él no la quería, estaba atado a ella por obligación.

Phoebe introdujo el cortaplumas y comenzó a trabajar, sabía algo de cerraduras, de pequeña solía escaparse a la hora de dormir la siesta para buscar dulces en la despensa, su hermana Meg la ayudaba, tenía más fuerza y paciencia... mientras que su hermana mayor no hacía más que reprenderla. Movió el cuchillo y aguardó, odiaba quedarse encerrada, no era un perro, ni una niñita desobediente...

Contuvo la respiración al notar que la puerta cedía y se abría... era libre. Libre para escapar y debía llevar una capa, cubrirse, nadie debía notar su ausencia.

Buscó la capa y se cubrió con una larga pelliza, ahora solo le quedaba encontrar un caballo que la llevara a su casa. Estaba nerviosa y temblaba, sabía que debía hacerlo, tal vez no tendría otra oportunidad.

Avanzó con sigilo, toda la casa estaba en calma y en penumbra, ni los sirvientes merodeaban por allí, seguramente demasiado atareados preparando habitaciones o la cena. Había notado que los sirvientes de Coventor eran como fantasmas, rara vez aparecían, excepto las dos doncellas que cuidaban de ella, Phoebe sospechaba que además la vigilaban por órdenes de su marido. ¡Vaya lata!

Avanzó por la escalera sin hacer ruido y se escabulló con más rapidez por el salón observando los cuadros de los ancestros Cavendish, los hombres de la familia tenían esa mirada fiera de dominio, o de locura, las mujeres en cambio eran menudas, de mirada lánguida... él jamás dijo que pintaría un retrato suyo. Claro, la esposa buscona no merecía el honor de formar parte de la galería familiar.

Un gesto de rabia y obstinación se dibujó en su semblante, pues la esposa buscona se escaparía y le daría un buen susto. Tembló excitada al imaginar la ira de Malcolm cuando se enterara de que había abierto la puerta y había escapado. Que lo había abandonado.

Pensar en su furia no la detuvo, ni siquiera le provocó miedo, estaba decidida y nada la detendría.

Llegó a los jardines y casi corrió hasta los establos, a lo lejos escuchaba las risas y voces, eso la inquietó y se dispuso a entrar en los establos para robarse el primer caballo que encontrara. Era una estupenda amazona, montaba desde niña y podía manejar un caballo y montarlo en pelo sin problemas, solo necesitaba parte de alguna montura y...

De pronto escuchó voces y se ocultó maldiciendo en silencio. ¿Qué diantres hacían esos mozos allí? Pues no eran solo los mozos de cuadra, había unos caballeros que al parecer querían montar a caballo olvidando por completo la cacería del tesoro. Uno de los caballeros era amigo de su esposo, se llamaba Preston y también estaba ese primo medio tonto que no dejaba de mirarla embobado: Louis.

Aguardó escondida y furiosa por la interrupción, ahora debía esperar.

Tuvo la sensación de que la espera se le hacía interminable y cuando finalmente se fueron corrió sin mirar hacia el primer caballo. No sabía cuál montaba su esposo, no lo recordaba, a ella no se le permitía montar porque las damas Cavendish no montaban así que diantres, debió quedarse sin dar paseos. Las damas de esa familia parecían momias, no vivían, no fornicaban y la mayoría morir al dar a luz un niño que nadie sabía ni cómo logró estar allí, pues ella no era una de ellos y nunca lo sería.

La joven tuvo la mala suerte de dar con un animal que solo podía ser montado por su amo, y al verla comenzó a relinchar furioso mientras pateaba al piso y movía la cabeza en gesto de protesta. No, no, no... parecía decirle, no me montarás.

Phoebe dejó escapar una maldición y pensó "debe ser el caballo de Malcolm, es tan parecido a él: indomable, loco e impredecible. Y aunque ella sí lo había montado varias veces (sonrió con la ocurrencia) él seguía rechazándola y seguía estando "muy mal domado" como ese otro bicho que relinchaba con ojos de loco.

No tenía sentido insistir, sabía de caballos, mejor buscarse una de esas yeguas tan mansas que hasta los niños podían montarla. ¡Demonios! No podía encontrar a esa bendita yegua por ningún lado. Debía intentarlo con otro caballo y aguardar... No podían ser todos tan estúpidos y briosos.

Le llevó más tiempo del que esperaba y cuando finalmente encontró una yegua dispuesta a dejarse montar, suspiró aliviada mientras tocaba el pelaje castaño y lustroso del animal. Serviría, se veía fuerte... y además tenía puesta la montura, tal vez la habían usado hacía poco o esperaban montarla después.

Subió a la yegua como experta amazona la obligó a obedecerla con un buen latigazo en los flancos. Saldría de ese escondrijo y luego correría por los campos de Coventor rumbo a su hogar, solo debía encontrar el sendero hacia la vicaría que eso quedaba al sur. Bueno, al menos haber espiado a Malcolm en el pasado le había servido de algo...

Espoleó a la yegua y corrió al galope sintiendo que su cabello volaba al viento, sintiéndose libre y desafiante. Tenía prisa, sabía que si la encontraban, que si él la encontraba... No quería pensar en ello.

Corrió sin detenerse hasta que al llegar al sur encontró un grupo de caballeros en sus caballos. Visitas de Coventor, los ignoró y siguió adelante, no había tiempo que perder. Esperaba no errar el camino...

Sin embargo, a medida que se alejaba una onda depresión se apoderó de ella. Estaba perdida. Sí, no sabía dónde diablos estaba, no era ese el sendero que la llevaría a su casa ni a ningún lado y además era una esposa fugitiva que estaba abandonando a su marido. Eso no estaba bien. Ninguna esposa respetable ni sensata haría eso...

De pronto detuvo su caballo y caminó unos pasos contemplando la mansión de Coventor a la distancia, no quería irse, demasiados disgustos había ella causado a sus padres con esa boda precipitada y ahora... No quería dejarlo a él, ¿cómo podría hacerlo? Lo amaba maldita sea, estaba loca por él y era más que una pasión física...

Hacía años que amaba a ese hombre, aunque luego se prometiera a otro y tuviera sus diabluras en los jardines. El amor era otra cosa, el amor no era un experimento ni tampoco una historia de alcoba, era eso y mucho más.

¡Diablos! Amar a Cavendish le dolía demasiado, él no confiaba en ella y no hacía más que ofenderla con sus celos desmedidos.

Al comprender que no podía abandonarlo y que había cometido una tontería lloró, lloró porque no tenía fuerzas para regresar ni para hacer nada más que quedarse sentada allí esperando que él la encontrara. Se cubrió con la capa y aguardó inquieta mirando hacia Coventor. No, no era feliz, quería escapar y no podía, quería amar y ser amada y eso tampoco podía ser.

De pronto escuchó gritos, voces y tembló, Malcolm estaba cerca, podía sentirlo, había notado su ausencia y estaba furioso. No tardó en acercarse y ella palideció asustada, nunca lo había visto tan furioso en toda su vida.

Al verla escondida saltó de su caballo y la interrogó.

—¿Buscas el tesoro, preciosa? Es algo tarde para eso, no está aquí.

Y sin decir nada más la subió a su caballo como si fuera una chiquilla desobediente.

Phoebe sintió terror al ver que él no decía palabra y ordenaba a las criadas que le prepararan un baño y trajeran luego la cena a su habitación.

Debió interrogarla, pedirle una explicación, no era ningún tonto, debió enterarse que había escapado abriendo la puerta que él dejó cerrada con llave.

Las doncellas la ayudaron a cambiarse, pero cuando se quedó a solas con su marido tembló, había algo en su mirada que le advertía que sería castigada, era un Cavendish, y los Cavendish eran malvados con sus esposas, tiranos, crueles y muy sensuales.

—¿A dónde ibas hoy, preciosa? Creo que intentabas escapar siguiendo el sendero equivocado—dijo de pronto mientras se sentaba en la cama. La miraba con deseo, le gustaba mucho su cabello oscuro y enrulado, parecía de seda y le agradaba su perfume, el calor de su piel...

—Quise regresar a mi casa, Cavendish.

Él la miró con intensidad.

—Intentaste escapar y escogiste el sendero más peligroso.

Phoebe decidió enfrentar las consecuencias de lo que había hecho.

—Tú me dejaste encerrada aquí, no me dejaste participar de la cacería, como si fuera tu prisionera y no tu esposa—intentó dominarse y no llora. ¡Oh, estaba muy asustada! Él la miraba de una forma tan rara y se veía frío. Él no era así, tan controlado.

—Tu lugar es aquí preciosa y si debes quedarte encerrada lo harás. ¿Has comprendido? Eres una pequeña consentida insolente, y lo que has hecho hoy puso en riesgo tu vida y la mía, alguien pudo verte escapar, ¿quieres convertirme en un hazmerreír? Ningún Cavendish fue tan humillado en toda su vida por una esposa alocada como lo fui yo esta tarde. Ahora ven, cenaremos y luego recibirás tu castigo.

—¿Mi castigo? ¡Mi boda con usted ha sido el peor castigo! No deja de ofenderme con sus acusaciones, nunca he hecho nada para soportar su desconfianza. Y si pensaba tan mal de mí ¿por qué se casó conmigo Cavendish? Yo no pedí esta boda usted insistió en que lo aceptara.

Al fin había podido hablar y desahogarse, esperaba recibir respuestas no que él se quedara mirándola con expresión impasible.

Los criados entraron con la cena y la joven se preguntó por qué no habían cenado con los invitados y por qué se quedaba si estaba furioso con ella. ¿Y qué clase de castigo le aguardaba? ¿Qué diablos iba a hacerle?

—Ven aquí, siéntate, cenaremos juntos como dos recién casados—dijo él sentándose a la cabecera de la mesa. Ella debía sentarse a su derecha, donde él le indicaba. No tenía hambre, no quería comer nada...

—Come querida, se enfría la sopa y debes alimentarte. Has adelgazado y no me agradan las mujeres sin carne.

Las detestabas, a decir verdad: parecían hombres, flacas, sin ningún encanto.

Phoebe comió un poco sin entusiasmo, estaba nerviosa y por momentos notaba un brillo rojo en sus ojos que la asustaba, parecía el diablo, el diablo la estaba mirando, planeando la forma de vengarse de su afrenta. No se sentía tan valiente ahora, él era quien dominaba la escena, en ese cuarto era amo y señor de su cuerpo, de su voluntad...

Su esposo aguardó paciente a que terminara de comer, debió insistirle como a una chiquilla desobediente en varias ocasiones hasta que lo consiguió.

Había llegado el momento que tanto había esperado. El castigo a la esposa descarriada y atrevida. Pequeña consentida insolente, él le enseñaría modales.

Cuando los sirvientes se llevaron los restos de la cena él cerró la puerta con llave y echó los cerrojos con rapidez para que ella no intentara escapar, su esposa vio eso y se estremeció. Ahora la dejaría encerrada para siempre. No. Haría algo más, algo que le recordara ese día y su fallido intento de fuga. La miró con gesto sombrío sin perder detalle de su cuerpo, era deseo sofocado por la rabia y el terror que sintió al pensar que pudo huir por ese sendero y quebrarse algún hueso y perderla para siempre. De pronto notó que se alejaba, que buscaba algo.

Phoebe no tuvo tiempo de escapar, él regresó poco después con un rebenque de cuero, eso que se usaban para aporrear caballos, ¿qué haría con eso? Su marido la miraba con ese brillo malévolo, cuasi diabólico mientras ella se alejaba palideciendo sin dejar de mirar el horrible artefacto que sostenía en sus manos.

—Dime preciosa, ¿alguna vez tus padres te dieron un castigo que esperaban jamás olvidaras? —le preguntó sin moverse. No correría tras ella, solo la observaría divertido sabiendo que no podría escapar de la habitación.

—Te hice una pregunta.

Phoebe dijo con voz entrecortada que nunca había sido severamente castigada y sollozó. Una vez sola le habían dado nalgadas luego de haber mentido sobre una diablura culpando a su hermana mayor. Su padre se había enfurecido y ella recibió el castigo sintiendo que nunca había sido tan humillada en toda su vida. Tenía doce años y su cola era redonda, su desarrollo había sido prematuro y verse medio desnuda frente a su padre la había avergonzado terriblemente. Él lo había notado y se había sonrojado aún más al notar que su pequeña niña tenía el cuerpo de una señorita grande. ¡Qué horror!

—¿Y cuántos azotes te dio tu padre, preciosa? ¿Lo recuerdas? —preguntó él nada conmovido.

—Siete por haber mentido.

—¿Siete? Bueno. ¿Y qué castigo crees que mereces ahora preciosa por haber intentado abandonar a tu esposo?

Ella enrojeció indignada.

—¡Tú no eres mi padre Cavendish, eres mi esposo y si me das azotes juro que nunca más volveré a hablarte y que cuando intente escapar y lo consiga, pues no me verás jamás!

Él se acercó furioso por sus amenazas.

—¿Te atreves a decirme que lo intentarás de nuevo querida? ¿Serías capaz? ¡Ningún Cavendish ha sido abandonado jamás y tú eres mi esposa hasta que la muerte nos separe! ¿Crees que puedes escapar cuando las cosas no son como tú quieres niñita? Deja de comportarte como una chicuela traviesa, eres una mujer ahora y tu deber es ser una buena esposa.

Avanzaba hacia ella con paso lento sin dejar de mirarla y sin soltar su fusta. Phoebe corrió aterrada y comenzó a dar gritos pidiendo ayuda, ese hombre estaba loco, fuera de sí. ¿Qué haría con esa horrible fusta? si acaso le pegaba, le daba nalgadas con esa horrible cosa de cuero...

Él corrió tras ella enojado por sus gritos, era mucho más infantil de lo que pensaba, y cuando la atrapó al llegar a la puerta la jovencita comenzó a pegarle para defenderse, asustada, aterrada y forcejearon porque no permitiría que escapara al castigo, recibiría su lección. Porque si no era capaz de domeñar a esa pequeña esposa rebelde pues no merecía llamarse Cavendish, ni hombre...

Forcejearon y rodaron por el piso. No era allí donde debía estar su mujer, tenía un lugar más cómodo para enseñarle a comportarse. La cama.

—¡Deja de gritar! ¡Recibirás tu castigo; preciosa, lo mereces: te lo has ganado! Enfrenta las consecuencias de tus actos, he sido un esposo bueno, siempre te he respetado no merecía lo que hiciste.

Ella tenía otra opinión, aunque comprendió que en esos momentos la tenía a su merced y mejor sería no enfadarle aún más.

—No me golpee con esa fusta, un caballero jamás castigaría así a una esposa, yo no iba a escapar, estaba enojada, pero... Me detuve a tiempo Cavendish, lo hice—le dijo suplicante.

Respiraba agitada y estaba muy pálida, él aflojó un poco la presión sobre su cuerpo, aunque no tenía pensado dejarla en paz todavía.

—Te detuviste porque el camino que seguías te llevaba al sur, ¿qué diablos harías allí? Erraste el camino, y lo supiste, no eres tonta, no fue porque de repente recuperaras la sensatez.

Ella lloró desesperada y le suplicó.

—Por favor, no volveré a hacerlo. Perdóname, haré lo que tú quieras, lo prometo, tienes mi palabra... Solo quita esa horrible fusta, no soporto verla.

Él se quedó mirándola sin responder, observándola lentamente. Estaba temblando y lloraba desesperada sin dejar de suplicarle. Le temía, estaba aterrada y lo creía una especie de demonio desalmado capaz de golpear a una mujer indefensa.

Una mueca de rabia y amargura se dibujó en sus labios, bueno, tal vez era mejor que lo creyera.

—Diez azotes preciosa—dijo lentamente.

Sus ojos se agrandaron y lo miró, tenía orgullo, y se dijo que si ese hombre le pegaba con esa fusta lo abandonaría o se arrojaría por la ventana como hizo esa antepasada. Ahora entendía por qué las mujeres de esa familia morían jóvenes, no había ninguna maldición secreta, eran ellos los Cavendish...

—¿Aceptas tu castigo Phoebe?

Ella sostuvo su mirada furiosa.

—Si me golpeas con esa horrible cosa lo lamentarás Cavendish, juro que te arrepentirás.

Él sonrió de forma extraña.

—¿Y esperas que te perdone y acepte tus disculpas, preciosa? ¿Estás realmente arrepentida de lo que hiciste esta tarde? —quiso saber.

Ella asintió lentamente y le rogó que la perdonara y lloró, lloró y se echó a sus brazos diciéndole que nunca más escaparía. Estaba desesperada y a merced de ese demonio, jamás creyó que sería un hombre tan rencoroso y maligno, de haber sospechado siquiera que tenía esa fusta escondida...

Estaba temblando y al ver que sacaba el artefacto y se lo mostraba abrió la boca en son de protesta. Él no iba a usarla, no lo haría, pero la castigaría...

—No te golpearé preciosa, nalgadas... ¿qué son unas nalgadas? Debieron dártelas más a menudo de niña y habrías aprendido a obedecer a tu padre y a quien tendría la mala suerte de convertirse en tu marido. No duelen, tienes una cola redonda con buena carne, resistirá...

—Por favor, Cavendish, prometo ser una esposa obediente ahora, nunca más...

Él la observó y secó sus lágrimas y la abrazó con fuerza.

La deseaba.

Sería suya todas las veces que deseara esa noche... Y lo harían a su modo, no le daría el privilegio ni el placer de un encuentro apasionado.

Phoebe tembló al sentir que le quitaba el vestido y la dejaba desnuda. Protestó, el médico había dicho...

—Al diablo tu doctor, preciosa. Lo haremos a mi modo y no quiero escuchar gritos, ni quejas de ti esta noche, ¿has comprendido? Cambiaré el castigo, no te daré tus diez nalgadas tan bien merecidas, y esta vez no lo disfrutarás.

Ella abrió los ojos y se asustó al ver que con su blusa hecha jirones ataba sus manos y sus pies.

—¿Qué haces? No...

—Te castigo preciosa. Te someterás a mí esta noche y cada vez que me desobedezcas volverás a hacerlo. No te resistas, deberás complacerme y te quedarás quieta, ¿has comprendido? Si intentas resistirte...

Ella no tuvo tiempo de nada más pues se vio atada de pies y manos, desnuda e indefensa, estaba asustada, no quería que fuera así. Suplicó y lloró, pero él no tuvo piedad y tras darle un beso salvaje la obligó a abrir los ojos.

—Abre tus ojos preciosa, soy tu esposo y tu dueño entiende, y esta noche tu amo... y tú mi esclava. Puedo hacer lo que desee con tu cuerpo porque me perteneces por completo y nadie me lo impediría, solo quédate quieta y cumple tu castigo, hermosa, me lo debes no crees...

No voy a lastimarte Phoebe, solo que no dejaré que disfrutes como una gata, esta vez no... Lo harás por obligación, porque es tu deber y nada más.

Se equivocaba.

El castigo fue muy placentero para ella luego de vencer el desconcierto de verse atada, al sentir sus caricias, sus besos recorrer su cuerpo se estremeció. No podía negarse, ni resistirse a la llamada de la lujuria. Había echado tanto de menos esos momentos de fuego y pasión...

Estaba húmeda y anhelante pero inmóvil, sus labios estaban abiertos y él sintió que gemía mientras su boca devoraba esa humedad de su tesoro.

Ardiendo de deseo y furioso la desató y entró en su cuerpo como un demonio para poseerla. Ella lo abrazó desesperada y lloró. "Perdóname, no iba a abandonarte, lo merecías, pero no quise hacerlo" le susurró.

Él la miró con intensidad y la apretó contra la cama para disfrutar su posesión loca y salvaje. Se suponía que era un castigo y que ella no podía disfrutarlo... Phoebe gimió mucho antes que él y se retorció como cinco gatas en celo varias veces. Suspiró, gimió y lloró y se quedó abrazada a él contenta de haber sido tan bien compensada y no haber recibido esas horribles nalgadas con la fusta.

Cavendish se quedó fundido a su cuerpo, abrazado, tan cerca y suspiró. Había sido maravilloso, lo había disfrutado, pero no olvidaba que había intentado abandonarlo. Tal vez nunca podría olvidar ese día ni lo que ella había estado a punto de hacerle...

6

Nadie mencionó su fuga, pero luego de lo ocurrido él la dejó encerrada una semana entera.

Phoebe lloró, suplicó, pero él se mostró impasible. De nada le sirvió decirle que no quería abandonarlo, que solo estaba herida y furiosa: él no le creía.

Pasó días sin hablarle casi, aunque en las noches la buscaba y era el único momento del día que tenía algo de paz; en sus brazos, en su cuerpo.

Una tarde mientras las doncellas peinaban su cabello escuchó el sonido de un carruaje desde la ventana y pensó que serían visitas y una chispa de emoción apareció en sus ojos.

Una de las doncellas llamada Med dijo que eran unos caballeros en carruaje.

Malcolm apareció poco después y ordenó a las criadas que salieran. Miró su cabello y su talle con deseo... No, no lo haría ahora. Aguardaría. Tenía otro asunto más urgente.

—¿Preciosa, estás bien? Te noto algo pálida...—dijo acariciando su cabello con suavidad.

Y triste. Pero al menos más dispuesta a obedecerle.

No había intentado escapar ni se había mostrado rebelde.

—Estoy bien Cavendish—respondió Phoebe bajando la mirada.

—¿No estarás planeando fugarte de nuevo? ¿Serías capaz?

Sus ojos se abrieron sorprendidos, pero estaba triste, había logrado sofocar su rebeldía, pero necesitaba algo más y sabía lo que era.

—No volveré a hacerlo, te di mi palabra. Por favor, deja de acusarme, nunca hice nada malo.

Él notó que lloraba y la abrazó y le dio un beso apasionado.

Las doncellas habían desaparecido. Sabían que debían irse cada vez que llegaba el señor.

La puerta se cerró y nadie se habría atrevido a entrar.

Estaba lista para ser suya, ¿por qué diablos esperar a la noche?

Ella se estremeció cuando la desnudó con prisa, un deseo inesperado se apoderó de su cuerpo, estaba temblando... él la besó lentamente y abrió sus piernas para besar ese tesoro que lo volvía tan loco. Phoebe gimió y deseó que siguiera, lo necesitaba y él se excitó mucho más con su dulce respuesta, con la suavidad de esos pliegues cubriendo su bella y delicada flor. Era maravillosa, pequeñita, escondida y ningún hombre la había tocado jamás, ni ningún hombre estaría allí. Lo mataría si eso ocurría, lo haría. Quería devorarla, atraparla en su cuerpo y nunca más dejarla ir, era un amor loco enfermizo, avasallante como él mismo, no podía amar de otra forma y lo sabía... había jurado vengarse sin saber que ella lo atraparía, y no era ella quien estaba encerrada en esa habitación, todavía no la había encerrado, no hasta que comprendiera que era suya y le pertenecía en cuerpo y alma. Hasta que estuviera seguro de haberlo conseguido jamás tendría paz, no le alcanzaba con domesticarla, ni tampoco convertirla en una esposa obediente, quería que lo amara y se volviera loca por él, y que comprendiera que estaba cautiva de su cuerpo porque ni su cuerpo ni su alma le pertenecían ya, y que no fuera capaz de mirar más allá. Que solo lo viera a él, Malcolm sabía qué se sentía, hacía tiempo que no tenía vida, que su vida era ella...

Phoebe gimió al sentir su calor, al sentir que entraba en ella y la poseía en cuerpo y alma, a un ritmo de locos, con un frenesí demencial, desesperado y sujetándola hasta casi hacerla gritar. Y su cuerpo respondió, no pudo evitar hacerlo, todo su ser se estremeció en oleadas de placer mientras lloraba porque no podía entender por qué la hacía sufrir así. ¿Por qué no podían ser felices, como los matrimonios normales?

"Preciosa, deja de llorar, ámame... ¡Por favor... Phoebe!" le susurró mientras le secaba las lágrimas mirándola con intensidad, de una forma extraña, posesiva. Ella lo besó y volvió a llorar sin dejar de temblar sacudida por ese placer intenso que solo él le provocaba.

Y cuando volvió a acariciarla, a desearla como un loco ella no se resistió ni se quedó quieta como antes, no era ese tipo de esposa ni se sentía cómoda en esa postura.

Él sonrió y suspiró al sentir sus feroces y prolongadas lamidas, le gustaba ver cómo se inclinaba ante él, como si fuera su señor, su amo y luego la alentó a que lo montara como si fuera su semental...

Phoebe sonrió y obedeció ansiosa de sentir ese placer intenso que la envolvía cuando alcanzaba el placer máximo, en esos momentos no le guardaba rencor, solo quería disfrutar la única satisfacción que ese matrimonio le brindaba. ¡Lo necesitaba tanto! Él en su cuerpo llenándola, acunándola, atrapándola, besándola con suavidad y pasión, estrechándola como si nunca quisiera dejarla ir.

"Phoebe mi amor" le susurró él "preciosa, mi hermosa Phoebe..." le susurró en el instante en que la inundaba con su placer y la hacía estremecer de nuevo una y otra vez.

Quería hacerle un hijo, un heredero, esa era la excusa para tomarla siempre que se le antojara, la excusa; no era la única razón y ella lo sabía. No podía estar sin tocarla, sin besarla y ahora esperaba dejarla pronto encinta. Lo había hecho una vez en poco tiempo.

******

Phoebe despertó cansada y al sentir los rayos de sol en su rostro corrió hasta la ventana, se encontraba sola en la habitación y era... No sabía cuántos días llevaba encerrada, solo que anhelaba salir y sentir los primeros rayos de sol de esa primavera incipiente. Hacía tanto que no veía el sol, allí siempre hacía frío, estaba gris, no sabía por qué a veces se sentía tan helada en ese caserío.

El calor y el viento matinal la hicieron sentir bien, fuerte, feliz... se ruborizó al recordar la noche anterior, él lo había hecho como un demonio, y luego la había atado y no sé qué más porque la lámpara se apagó y las sensaciones en la oscuridad parecieron multiplicarse...

Oh, él la amaba, podía sentirlo en su piel, en sus besos, en la forma en que le hacía el amor y buscaba su compañía, también en sus celos locos y ella también lo amaba. Ni siquiera sabía cuánto. Habían pasado tanto tiempo enojados, distanciados, eso debía terminar, quería ser feliz... ¿Es que nunca la perdonaría?

Cerró sus ojos y suspiró al sentir el sol. No importaba, era su prisionera, su esposa cautiva. ¡Maldición! No quería escapar, quería que confiara en ella... Solo eso.

Derramó unas lágrimas y contempló el paisaje, el frondoso bosque y deseó recorrerlo como los primeros días, antes que comenzaran sus celos enfermizos...

—Señora Cavendish.

La voz de su doncella Meg la sobresaltó, tenía listo su desayuno y pronto el baño, comenzaba el ritual diario, sin embargo, decidió que ese día no se quedaría encerrada, suplicaría si era necesario.

Malcolm solía ir a verla a media mañana, o al mediodía a más tardar sin embargo ese día no lo hizo y ella lo vio correr con su semental gris y brioso por el bosque con sus primos. Había demasiados hombres jóvenes en ese caserío, por eso sufría tantos celos. Bueno, pues ella no tenía la culpa, sus hermanos eran feos y ese primo suyo ni que hablar, y de haber sido guapos tampoco los habría mirado. Ya no era una coqueta en busca de marido, para bien o para mal ya tenía esposo. ¿Cuándo comprendería que no le interesaba coquetear ni ser admirada como antes?

De pronto notó que el mueble donde guardaba la ropa estaba revuelto como si alguien hubiera revisado o...

Cuando Meg la ayudó con el baño notó que el vestido azul había sido reformado y el escote redondo tan sentador que enseñaba una parte de sus encantos yacía cubierto por una tela hasta convertirlo en un vestido cerrado, sin gracia alguna.

—Este vestido, ¿quién ha hecho esto?

Meg se sonrojó y balbuceó que la modista había reformado sus vestidos y que el señor Cavendish había encargado vestidos nuevos que llegarían de la ciudad en pocos días.

¡Vaya! Así que no solo la encerraba, ahora la condenaba a vestirse como una de esas religiosas, faltaba que la obligara a llevar esas tocas que usaban sus antepasadas medievales.

Phoebe se enfureció y lloró al ver cómo sus más bellos vestidos que él mismo le había obsequiado sufrían la horrible transformación perdiendo toda gracia y elegancia. Todos sus vestidos, ninguno había escapado a la cruel transformación, al a censura de ese loco celoso. Porque no había mejores palabras para describirlo.

Habría deseado gritar su nombre a los cuatro vientos para descargar su furia, pero se contuvo, tenía visitas. Su suegra, la menuda y rubia madre de Malcolm quería visitarla, su hija Claire la acompañaba con una tímida sonrisa. La pobre sufría un retraso, siempre andaba con una muñeca para todos lados y la miraba de forma extraña, al principio la seguía como un perrito y eso la asustaba un poco, luego Malcolm le dijo que había sufrido un problema del parto, que luego de nacer su gemelo nadie sabía que allí había otro bebé y casi la olvidaron dentro de la panza y entonces...

—Claire siéntate—le ordenó su madre. La jovencita obedeció y se puso a cantarle a su muñeca. A Phoebe se le crispaban los nervios cuando la oía cantar, en realidad esa chicuela le atacaba los nervios cada vez que la veía, era rara, retrasada pero no boba... Decían que sabía leer, escribir y que era capaz de tocar el piano y mantener una conversación inteligente.

Bueno, no era una joven normal del todo, eso se notaba, ahora sonreía y estaba en su mundo cantándole a su muñeca para que durmiera. Mas ese cántico le ponía los pelos de punta y la mirada de su cuñada se parecía mucho a la de su juguete de porcelana, eran ojos brillantes y extraños, sin vida y levemente malignos.

Ese día se sentía fatal, el sol en la ventana, sus vestidos estropeados, los preciosos escotes, las mangas, y esa jovencita cantándole a su muñeca ese cántico...

—¿Te sientes bien Phoebe? Estás algo pálida. Creo que debería pedir un tónico al doctor Adams, no tienes buen color—dijo su suegra entonces.

Ella la miró con intensidad. ¿Sabría que su hijo la tenía encerrada como un perro en ese cuarto y que había intentado abandonarlo ese nefasto día?

Las mujeres de esa familia eran algo extrañas, nada numerosas y las pocas que había ni se sentían. El peso de los hombres Cavendish se sentía hasta en el aire en que se respiraba allí. Malcolm se había convertido en heredero al morir su padre, él dominaba a todos en esa mansión como si fueran peones de un juego.

Tragó saliva y respondió que estaba bien, aunque no fuera verdad.

La señora Cavendish siguió hablando del tiempo y de una reunión de beneficencia que se celebraría el próximo viernes. ¿Podría ir? ¿Le gustaría?

Phoebe no respondió y sus ojos se llenaron de lágrimas, habría deseado decir que su hijo no la dejaba abandonar la habitación, sin embargo, guardó silencio y soportó el resto de la charla deseando quedarse a solas. La presencia de Claire la angustiaba pues su madre le había dicho que había una tara en esa familia, que los hombres eran malvados y las mujeres... siempre había alguna que nacía con algún retardo. "no te cases con él Phoebe, deja de coquetear, esa boda sería una locura" le había advertido. Ella se había reído, le gustaba Cavendish, luego apareció sir Edward y pensó que sería un marido más apropiado. Ahora, tiempo después comprendía que su antiguo prometido la había seducido mostrándose galante, inteligente. La había deslumbrado: era guapo, rico, tan distinguido... Y sin embargo nunca había olvidado a Cavendish, él siempre había estado allí, en su corazón, en el recuerdo de esos besos y caricias...

Cuando su suegra y su cuñada se marcharon vio como alguien cerraba la puerta con llave, algún sirviente fiel y discreto la dejaba encerrada por órdenes del amo Cavendish, como si allí se escondiera una loca peligrosa.

Phoebe lloró, por momentos se revelaba y ese día se negó a probar bocado. Era su única manera de expresar su descontento. Odiaba estar encerrada, y ni siquiera recibía cartas, eso debía terminar.

A media tarde le prepararon el baño, sabía la razón, él llegaría bañado, fresco y listo para tener intimidad.

Aceptó sumergirse en la tina y aguardó impaciente, el agua caliente y las esencias la relajaron sin embargo se sentía furiosa. Debía convencerlo. ¿Es que nunca la dejaría abandonar la habitación?

Malcolm llegó a la hora del té, bañado y perfumado, sonriente y feliz luego de tener un día agitado en el campo, ser el señor de Coventor lo mantenía ocupado todo el día, o casi... Porque también debía atender sus otras responsabilidades.

Sonrió al ver a su esposa con su nuevo vestido, en realidad para él no necesitaba cubrirse y se lo dijo.

—Debiste esperarme con el vestido ligero preciosa, sabes cuánto tiempo tardo en desnudarte con ese traje.

Ese era su último capricho: su última orden, ella debía esperarlo con su camisón de seda ligera todas las tardes, pues ese día se había revelado, no lo haría.

—¡Cavendish, has arruinado mis vestidos! No iré a ningún lado con ellos, son horribles. ¡Y no me quedaré esperándote vestida para irme a la cama, no lo haré!

Un nuevo berrinche de la niña consentida.

Al parecer se había casado con una colegiala, y ahora estaba pagando con creces su capricho...

Él se sentó con mucha calma en la silla y de pronto vio que lloraba y se alejaba.

—No me tocarás, no me tomarás como si fuera tu esclava.

—Siéntate preciosa, cálmate, sabes que detesto los berrinches pequeña. No eres mi esclava, y sabes bien por qué te he dejado encerrada. Además, esos vestidos son para buscar marido, tú ya lo tienes, y acostúmbrate, no permitiré que luzcas esos escotes atrevidos. ¿Crees que un hombre puede resistir mirarte si te vistes así? Nadie debe mirarte, eres mía y lo sabes.

Phoebe protestó aun sabiendo que estaba en su poder y desesperada le rogó que le permitiera salir. No le importaba lo de los vestidos, solo quería salir a dar un paseo a media mañana.

Él la observó echada a sus pies suplicante y solo pensó en besarla y en arrastrarla a su cama y lo hizo poco después mientras luchaba contra el corsé y la infinidad de botones minúsculos. Forcejearon y de pronto la lucha se convirtió en un combate sensual en el cual ella no tenía oportunidad de ganar. Y mientras la tomaba como un demonio sin darle tiempo a nada le dijo al oído "¿quieres tu libertad preciosa? Nunca te la daré, pero si quieres dar un paseo primero deberás entregarte a mí las veces que así te lo pida, sin forcejeos ni tonterías. Obedece si quieres que levante tu castigo, dame un hijo...

Ella lo miró con rencor pues si le daba un bebé no la dejaría ir a ningún lado, no podía evitarlo, tampoco lo deseaba y solía lavarse luego de tener intimidad creyendo que así lo evitaría. No siempre daba resultado, una amiga suya le había confesado que lo hacía porque detestaba quedar encinta y que luego su esposo la obligara a permanecer en cama para cuidar al bebé.

Phoebe sabía que no tenía forma de evitarlo y que muy pronto estaría embarazada, él no solo la tomaba para satisfacer su imperiosa lujuria, lo hacía para hacerle un hijo. Y ese día no la dejó escapar y la dejó tan cansada que no fue capaz de moverse, de dar un solo paso para salir de la cama.

Además, a media tarde comenzó a llover torrencialmente y la lluvia le dio más sueño.

"Phoebe" la llamó él poco después, su voz era un susurro, sus ojos oscuros eran los de un loco y ella despertó espantada como si estuviera viendo al diablo. "No, no" se quejó. Él sonrió, la tenía a su merced y sería suya de nuevo, podía tomarla cuando quisiera, aunque estuviera dormida y sin que ella tuviera potestad ni voluntad para impedírselo. Esas habían sido sus palabras y ella lo había aceptado como un nuevo juego estremeciéndose al sentir las fuertes embestidas en su sexo, y su cuerpo fundido al suyo, mientras su boca atrapaba la suya y la besaba con ardor y desesperación hasta quitarle el aire.

Nunca estaba saciado, era un Cavendish, un demonio lleno de lujuria, celos y maldad. Y cuando todo terminó se quedó en sus brazos y le preguntó con un hilo de voz si la amaba.

Él sonrió y acarició su rostro. No le respondió, nunca le decía esas cosas tiernas que decían los hombres galantes, esas cosas que necesitaba escuchar... Phoebe no imaginaba siquiera los sentimientos intensos y profundos que sentía Cavendish por ella, pensaba que se había casado casi obligado luego de haberla seducido y que por su honor la conservaba, porque era su propiedad, la esposa que le daría hijos y le daría respetabilidad.

—¿Tú me quieres pequeña? ¿Me amas tanto que querías abandonarme aquel día?

Phoebe sostuvo su mirada y sus ojos se llenaron de lágrimas.

—Perdóname por favor, yo no iba a dejarte... No pude hacerlo, no quise... Estaba enojada y triste porque me habías dejado encerrada.

—¿De veras? Y tomaste un caballo y corriste unas cuantas millas, abriste la puerta con un cortaplumas. Fuiste muy hábil preciosa, pero debo advertirte que erraste el camino, por eso te detuviste.

—¡No, eso no es verdad! Por favor créeme, no quería hacerlo pude esconderme, pude escapar y jamás me habrías encontrado.

Él se puso serio.

—¡Yo te habría encontrado! No hay lugar en el que puedas esconderte, conozco cada palmo de Coventor preciosa y si hubieras huido, si hubieras llegado a casa de tus padres... El castigo habría sido mucho peor. Nunca más vuelvas a hacerlo pequeña, ni te atrevas a mirar a otro hombre jamás, mataré al bastardo que se atreva a tocarte, lo haré...

Phoebe lloró desesperada.

—Por favor, deja de decirme esas cosas, eres cruel y me acusas sin razón. Nunca he mirado a otro hombre ni he pensado... Tú me lastimas, me ofendes Malcolm. Nunca fui una ramera, conservé mi virginidad para ti, he vivido para complacerte y nada parece contentarte. Tú no me quieres, no haces más que dejarme encerrada y tomarme como si fuera una esclava comprada en otra tierra que solo está aquí para darte placer.

Cavendish la abrazó y la besó casi a la fuerza, forcejearon y él la consoló mientras ella lloraba y seguía quejándose.

—No puedes escapar de mí preciosa, eres mi esposa y te quedarás encerrada hasta que tenga la certeza de que no escaparás. Cuando confíe en ti y sepa que estoy en tu mente y en tu corazón como lo estoy en tu cuerpo preciosa, fundido en tu piel... el día que tenga la certeza de que sientes una parte, solo una pequeña parte de lo que yo siento por ti, entonces dejaré esa puerta abierta y nunca más sufrirás mis celos, tienes mi palabra.

Ella secó sus lágrimas y lo miró, no podía entenderlo, no sabía por qué la castigaba así...

—Ya no soy quién era Malcolm, tú me has confinado en esta casa como en el Medioevo, me torturas con este encierro, no confías en mí, ¿cómo esperas que pueda amarte un día? A veces siento miedo de ti, siento que no te conozco y que podrías... hacerme daño.

Él sonrió y acarició su cabello.

—Nunca te haría daño, preciosa y lo sabes.

Ella abrió la boca en son de protesta. —¡Ibas a darme diez nalgadas! —chilló a punto de llorar.

Los ojos de Cavendish brillaron con intensidad.

—Y cómo te supliqué esa noche y tú ¡me ataste a la cama!

Sus ojos no dejaban de brillar: oscuros, enigmáticos, lo erotizaba mucho verla allí lloriqueando como niñita, suplicándole, desnuda y sometida a él, tan frágil y hermosa. Ya no tenía esa expresión traviesa y coqueta, ahora le temía y no dejaba de rogarle, de temerle como si fuera el diablo. No era el diablo, pero podía serlo...

Él la había convertido en mujer, la había seducido como un bandido, la había raptado porque su matrimonio era poco más que un rapto. Legal por supuesto, pero un cautiverio.

—No voy a lastimarte preciosa, no lo haré... solo quiero que seas una esposa obediente, como te pedí el día de nuestra boda, ¿lo recuerdas? Obedéceme siempre y cumple con tus deberes y jamás sentirás miedo.

Ella cerró los ojos cuando la besó y se durmió poco después. Nunca se sentiría segura con él, se había casado con el diablo y lo sabía...

7

Una semana después él debió abrir la puerta de la celda y permitir que saliera de la habitación pues su hermana Sophie había ido de visita de forma inesperada con su esposo.

Phoebe enrojeció al tener que usar uno de esos vestidos nuevos muy parecidos a los que llevaba su suegra. A pesar de que su doncella se esmeró en peinarla al verse en el espejo se vio fea, deslucida y humillada. Porque su hermana Sophie, la perfecta Sophie con su hermoso cabello rubio se vería estupenda, mientras que ella parecería... Una viuda, o la esposa del reverendo. Ese vestido no tenía gracia, era horrible.

Su esposo la observaba divertido pensando que era hermosa con cualquier vestido, le gustaba tanto ese cabello a pesar de que solo en la intimidad la dejaba llevarlo suelto, ahora debía llevarlo escondido en un gorro o sujeto en un moño.

Phoebe protestó y contuvo las lágrimas, odiaba usar moño, solo lo llevaba en verano porque se moría de calor más no deseaba que su hermana la viera así, tan disminuida, ese vestido no estaba a la moda y solo tenía las joyas de la familia, su cabello... ¡Oh!

Él tomó su mano y la besó con suavidad "estás preciosa querida" Phoebe lo miró furiosa. Seguía siendo una pequeña consentida, hermosa, algo pálida por estar tantos días encerrada. Bien, eso era necesario; debía disciplinarla, someterla, y moderar su mal genio y también ese peligroso impulso que había sido su intento de abandonarlo. Ese episodio le había dejado un sabor amargo en la boca, no podía olvidarlo.

Cuando entraron en salón la pena de Phoebe se convirtió en una terrible angustia, porque allí estaba su hermana mayor con su marido, el distinguido sir Robert, y su hermana Sophie con sus hermosos bucles rubios sujetos con cintas tan elegantes con su traje azul de terciopelo de vistoso escote de gasa transparente, sus joyas, su belleza... Ella sabía que detestaba la intimidad, y que no tenía cariño alguno por sir Robert y sin embargo allí estaba luciendo hermosa, sonriente, feliz mientras que Phoebe no era más que una sombra. Y su hermana no dejó de notarlo. La miró con fijeza y luego miró a Cavendish nerviosa. Sabía que su hermana menor lo había amado en su infancia, aunque jamás imaginó que se casaría con él, y esa historia del asalto, del rapto... Phoebe siempre cometía alguna diablura y ese matrimonio era una más... Tal vez la peor.

Y ahora había que sonreír y fingir que todo era perfecto. ¡Pobrecilla, qué vestido tan feo tenía y ese peinado!... La hacía parecer mayor.

Se acercaron, se besaron y Sophie miró a su alrededor intentado hacer que todo estaba perfectamente, tenía mucha experiencia en ello.

—Phoebe te felicito, el matrimonio te sienta. Te ves distinta—terció.

Ella asintió con los labios apretados y miró a su esposo.

—Qué casa tan bonita. OH, qué bellos jardines, y ese bosque... Un lugar lleno de encanto y misterio. Robert dijo que hay cierta leyenda de una dama en un lago y...

Phoebe procuró mostrarse atenta, pero no podía dejar de sentirse incómoda al verse tan fea.

—Y qué tal son tus familiares querida? —quiso saber.

Gente muy rara. Sophie tuvo el placer de conocerlos poco después. La hermana de su cuñado "Claire" sufría una tara y le hablaba a su muñeca con cara de boda. Sophie sintió un estremecimiento al notar una mirada, y luego los otros... Había algo maligno en esos Cavendish, los hombres parecían algo rudos, con esos ojos oscuros y esos modales, les recordaban a esos gitanos que un día aparecieron en el campo, uno joven la había mirado con tanta fijeza que se asustó, nunca un hombre la había mirado así con tanto descaro e insistencia.

Como los Cavendish, parecían gitanos atrevidos mirándola a ella y luego a su hermana, uno de ellos se le acercó a conversar y esto debió disgustar a su marido porque casi la llevó aparte y los ojos de Phoebe se llenaron de lágrimas. Quiso acercarse, más la escena la dejó tan perpleja y luego, su hermana menor desapareció, dijo que no se sentía bien, que se verían luego.

¡Qué lata! Había hecho un viaje tan largo para verla solo un momento e intercambiar palabras corteses.

Solo su marido que era un caballero de mundo era capaz de entablar una conversación inteligente y tolerarles, ella se sintió aburrida y molesta. Su hermana menor casi había huido llorando por algo que seguramente le habría dicho su esposo.

Pobrecilla, tanto flirtear para terminar perdiendo a su pez gordo en ese accidente tan desafortunado y terminar... Enterrada en un mausoleo siniestro llamado Coventor.

******

En la habitación, su la ayudó a quitarse el horrible vestido mientras Phoebe lloraba disgustada luego de la horrible escena de celos que le hizo su esposo porque Louis se acercó para conversar con ella. Solo le había preguntado cómo estaba, pues al parecer alguien le había dicho que estaba enferma y en cama. Una sencilla conversación había disgustado a Malcolm y ahora volvía a su encierro. Luego de que su hermana la viera así, deslucida y fea, con ese horrible vestido...

La doncella se marchó con rapidez al ver a su señor asomarse por la puerta, sabía que no debía estar allí si él aparecía. Phoebe lo vio y se alejó furiosa. No quería verlo y mucho menos que se quedara como hacía siempre a esa hora y luego... Ese día no deseaba tener intimidad.

—Suéltate el cabello Phoebe—dijo él con suavidad.

Ella lo miró y notó que solo llevaba la camisa y estaba abierta, siempre se quitaba la chaqueta y el chaleco cuando lo hacían, se desvestía con prisa y le ordenaba que se soltara el cabello si acaso lo tenía atado.

Phoebe le dio la espalda y se metió en la cama, ese día nada le importaba, sabía que no podría escapar, nunca podía...

Él fue paciente y se desvistió, que sus hermanos y parientes atendieran a esas visitas inesperadas, él tenía algo mucho más placentero que quedarse a conversar con los parientes de su esposa. Suspiró al sentir el olor de su cabello, tan perfumado y sujeto en ese moño. Lo liberó despacio y lo besó, adoraba su suavidad, tan terso... esos pícaros bucles se le formaban en las puntas, esa niñita de doce años espiándolo, sonriéndole con una picardía estaba allí, sin embargo, ese día no sonreía, estaba llorando y él sabía la razón. Comenzó a besarla y la desnudó deprisa.

—Deja de llorar, te libré de esa hermana tuya... Debió anunciarse antes ¿no crees? Estamos recién casados, no puede venir cuando se le antoje. Ven aquí, ¿sabes lo que quiero de ti verdad?

Lo sabía, una entrega total, algo que ella no estaba dispuesta a darle, no ese día que la había humillado obligándola a presentarse con ese horrible vestido y ese peinado de viuda. Aunque lo más imperdonable fue que le hiciera una escena de celos porque su primo se había acercado a conversarle, ese hombre no tenía modales ni la más leve sensatez. Maldita sea; ese loco celoso era su esposo y siempre se salía con la suya. Ahora la tenía atrapada y la desnudaba con prisa como el salvaje que era.

—¡No te atrevas Cavendish! Suéltame, eres un demonio insensible, un hombre tan malvado que no tiene reparos en humillar y avergonzar a su esposa frente a todos con sus celos vistiéndola como religiosa. Eres terrible, nunca creí que serías capaz...

Él sonrió de forma cruel, maligna, le gustaba que se resistiera y ese forcejeo era un juego que lo excitaba aún más. De haber sido una esposa gazmoña y quejosa él mismo se habría fugado de Coventor, era ella, su preciosa y coqueta Phoebe Hillton y la adoraba... hasta cuando se enojaba con él y lo llamaba insensible y malvado.

Forcejearon y rodaron en la cama hasta quedar exhaustos, Phoebe sabía que él ganaría y esa lucha la había excitado pues había descargado primero su rabia.

—¡Estás loco Cavendish! ¡Ya no te importa ofenderme ni tampoco ofender a tus familiares! —se quejó.

Él la miró con intensidad.

—Sabe que no debe acercarte a ti ni mirarte como lo hizo, mi primo es un imbécil y tú le gustas.

Esas palabras la dejaron perpleja, parecía hablarle a su amante, a su compinche y compañera de aventuras, no a su esposa.

—Tú le gustas y cree, el muy imbécil cree que puede conquistarte con zalamerías y estupideces y tampoco entiende que lo haré pedazos si llega a intentarlo.

—¿Conquistarme? No soy una ramera, soy tu esposa, deja de ofenderme con tus maquinaciones. ¡Me lastimas!

Phoebe lloró pues de pronto comprendió que él nunca dejaría de sentir celos ni de volverse loco cada vez que un hombre se le acercaba. Y mientras la besaba y la poseía, todo a la vez Phoebe lloró y se resistió. "Eres mía coqueta, mía Phoebe, mía para siempre y aunque muera me quedaré aquí para cerciorarme de que ningún hombre se te acerque jamás" le susurró. Ella lo miró furiosa, no era suya, o tal vez si lo era y sus celos la ofendían, ¿es que nunca lo entendería?

—No eres tú preciosa, son mis celos, deja de quejarte, acéptame, soy tu esposo—dijo luego como si leyera sus pensamientos.

Phoebe se resistió y él entró aún más en su cuerpo para demostrarle que le pertenecía y ella se estremeció con esa sensación de que la poseía como un demonio como cuando reñían. Sin embargo, a pesar de las riñas, de sus celos feroces lo amaba, y no quería vivir sin él. Era su marido, su amante diabólico y él también le pertenecía.

Y cuando un mes después supo que estaba nuevamente encinta se emocionó. Un hijo, sabía cuánto lo deseaba él, un Cavendish, nacido de la pasión y el amor.

El médico le recomendó reposo y no tener intimidad con su marido por un tiempo.

Esas palabras la hicieron ruborizar, era tan poco delicado mencionar ese asunto frente a una dama y se preguntó ¿qué diría su esposo cuando se enterara de que no podría tocarla por un tiempo tal vez prolongado?

Apareció antes que, de costumbre, y sus ojos tenían un brillo distinto.

Se acercó corriendo casi y la besó feliz por la noticia.

—¡Gracias preciosa, soy tan afortunado! —dijo.

La besó y quiso hacerle el amor... Hasta que ella le dijo que el médico lo había prohibido por un tiempo.

No podía ser, ¿es que ese médico estaba loco? Phoebe sonrió y acarició su cabello. ¿Cómo podría privar a su marido de algo que le gustaba tanto?

Él la miró con fijeza, la vio distinta, con más colores y no pensó en que debía evitar tocarla sino en ese bebé que estaba en su vientre.

—¿Te sientes bien preciosa? —quiso saber.

Phoebe asintió, había despertado con mareos y mucho dolor de cabeza, no era la primera vez, hacía casi una semana que sufría malestares, ahora sabía la razón.

—Debes cuidarte Phoebe, nada de paseos ni intentos de fuga, piensa en nuestro bebé, él te necesita sana, y yo también...

Ella sonrió y él la besó. Se moría por hacerle el amor y quiso saber qué había dicho el médico exactamente.

No insistió, lo aceptó y durante días se quedó cuidándola en las mañanas cuando los malestares eran más fuertes y a media tarde y en las noches durmió a su lado, abrazado a ella sin tocarla. Phoebe también comenzaba a extrañar sus apasionados abrazos sin embargo sabía que debía obedecer al médico y quedarse quieta. Al menos podía dormir abrazada a él y conversar.

No riñeron, y días después recibieron la visita de sus padres, de sus primas y Coventor se convirtió en un lugar muy alegre con la llegada de la primavera.

Su cuñada dejó de hablar con su muñeca y por un tiempo Malcolm dejó de ponerse celoso. Solo importaba su tranquilidad y la cuidaba como un tesoro.

Un día fue a Londres por unos asuntos legales y al regresar ella lo esperaba ansiosa mientras que él corrió a verla como si no la hubiera visto en tiempo, lucía un traje oscuro y se veía muy guapo y elegante. Phoebe estaba sentada tejiendo unos zapatitos para el bebé, su suegra le había enseñado y había aprendido rápido, quería mantenerse ocupada, y había pasado el día entero tejiendo un saquito con supervisión y ahora había terminado los escarpines y se sentía feliz.

Él sonrió al verla así: tan hermosa con el cabello suelto, no imaginaba que supiera tejer en una ocasión la había visto bordar y tocaba el piano, ¡estaba tan bella y vulnerable! ¡Y la había echado tanto de menos!

Sus ojos se iluminaron al verle, sin embargo, él no la dejó que saliera de la cama, el doctor le había recomendado reposo. Y entonces le entregó un obsequio que había llevado para ella, una cadena con un corazón y el nombre Cavendish estampado con la fecha de su boda. Phoebe se emocionó al verla, era hermosa, y él sintió un placer especial al colocarle la gargantilla, porque tenía su nombre y porque significaba que era suya y que todos verían su nombre cuando admiraran la rara joya. Cavendish, su nombre, el nombre de su dueño...

Phoebe lloró emocionada pues le encantaba el collar y dijo con palabras entrecortadas que jamás se lo quitaría. Cavendish sonrió satisfecho y la besó sintiendo un deseo loco y desesperado por hacerle el amor, se moría por desnudarla y disfrutar de su suavidad y dulzura.

Ella también lo deseaba sin embargo tuvo miedo, por el bebé y se lo dijo.

Él estaba desesperado, hacía más de una semana que no la tocaba.

—Preciosa, moriré si no te hago el amor ahora, por favor... seré muy suave, lo prometo y tú te quedarás quieta, solo abrázame... bésame...

Ella obedeció, sabía que su marido no resistiría. Era un hombre sensual y no lo hacían una sola vez...

—Espera, el bebé...—Phoebe se asustó al sentir que entraba en su cuerpo y la llenaba por completo.

Él la retuvo y la besó. "Tranquila preciosa, cuidaré al bebé, lo prometo..." ella se quedó inmóvil y disfrutó ese momento casi al final y lo abrazó y besó con fuerza hasta que se quedaron fundidos y exhaustos. Phoebe suspiró "te eché de menos..." le susurró mirándolo con intensidad. Él la miraba embelesado, suspirando, y de pronto acarició su mejilla y rozó su collar, era un símbolo de su amor, quería que siempre lo llevara allí, cerca de su corazón y que todos leyeran su nombre y supieran que era suya.

Ella sintió una agitación extraña al sentir esa mirada, podía saber lo que pensaba, lo que sentía y lentamente se acercó y le dijo sin vacilar: —Te amo Cavendish, no sé por qué ni cuándo pasó, pero sé que podría vivir sin ti.

Estaba temblando como una hoja y necesitaba decírselo. Su esposo sonrió y la besó apasionado, estrechándola contra su cuerpo con desesperación.

—¿Me amas pequeña traviesa? ¿De veras que sí?

Ella asintió emocionada y le preguntó si él la amaba.

—Dime ¿qué siente tu corazón, preciosa? Tú lo sabes... siempre lo has sabido... ¿Por qué crees que te rapté esa noche y te salvé de ese malnacido? Ibas a casarte con él, y él iba a tenerte esa noche preciosa.

Esas palabras la alarmaron.

—Yo no quería que pasara... Y entonces no podía respirar, estaba aterrada. Tú me salvaste Malcolm, me salvaste y yo nunca creí que quisieras casarte conmigo ni que te importara...

Él la observó con fijeza. —Sir Edward te deslumbró, ¿era muy guapo verdad? Educado, rico... No había sombra de locura en su familia ni nada que fuera condenable en la buena sociedad. Y ese caballero estaba resuelto a llevarte a su mansión, no te llevaba a tu casa, desvió el rumbo y cuando lo vi lo que estaba haciendo en el carruaje quise matarlo preciosa. Nadie iba a tocarte, y esa noche fue como si presintiera que... te seguí guiado por un impulso, hacía meses que te seguía a todas partes como un perro fiel.

Phoebe lo abrazó con fuerza.

—Olvida esa noche, tú me salvaste y ahora soy tu esposa, te daré un hijo, tú jamás me pediste matrimonio, pensé que no te interesaba, que solo querías besarme.

—No quería casarme entonces preciosa, y solo cometí esa locura por tu causa, nunca me he sentido inclinado al matrimonio. Al diablo con los herederos y la respetabilidad. Te seduje y fui un malvado, te arrastré a la lujuria y me atrapaste. Ahora todo ha cambiado, tú has cambiado y espero que un día puedas entenderme preciosa... Soy un loco y te amo, y te amo con locura y sufro si un hombre se acerca a ti, quisiera tenerte siempre a mi lado, escondida del mundo, solo para mí...

—Soy tuya ahora Malcolm, y lo fui mucho antes, quise escapar y no pude y creo que moriría si algo te pasara, o si algo me apartara de ti... Y no puedo quedarme aquí encerrada para siempre, por favor, paso mucho tiempo sola y te extraño, sabes que no puedes... Confía en mí, deja de pensar que yo podría engañarte o lastimarte... Nunca hubo otro hombre para mí, luego de ese día... Te amo a ti Malcolm, y ya no soy ni pícara ni coqueta, lo fui antes esa noche todo cambió. Y a pesar de la tragedia... Nunca le desee la muerte a sir Edward, aunque comprendo que no habría sido feliz casándome con él porque no lo quería, me deslumbró su interés por mí, a pesar de que no actuó como un caballero en el carruaje y me horroriza pensar que... fue maravilloso entregarme a ti Cavendish, porque lo deseaba, porque te amaba y porque lo disfruté. No pude evitar la tentación ni el deseo de... de haberme casado con otro hombre jamás habría sido así, y sería como mis primas que fingen sufrir jaqueca para no tener que dormir con sus maridos porque detestan la intimidad. Y fue especial porque siempre me gustaste, desde que era una niña y me escapaba hasta aquí para verte, y tú te burlabas de mí porque era una niñita.

Él sonrió.

—Una niña traviesa... —dijo acariciando su cabello. Se moría por hacerle el amor, aunque temía que luego... el doctor no lo dejaba, bueno, debería contenerse y aguardar.

—Gracias por salvarme Cavendish, yo te amo sabes, y nunca habría sido feliz con sir Edward—dijo entonces. Su voz se quebró y lo miró con intensidad. El respondió a su mirada diciéndole cuánto la amaba.

—Daría mi vida por ti pequeña y mataría a quien quisiera hacerte daño...

Hablaba en serio y Phoebe lo abrazó con fuerza, asustada, sin saber por qué esas palabras le habían provocado un sudor frío.

8

Un día sin embargo algo amenazó la paz de Coventor y fueron dos hechos desafortunados ocurridos casi a la vez.

Una mañana descubrieron que la señorita Claire Cavendish, la joven que sufría una tara había huido, se había fugado con un caballero que le doblaba la edad. "Una fuga romántica"; dijeron. Phoebe no salía de su asombro, no podía creer que esa joven algo tonta pudiera saber del amor ni que hubiera tenido coraje para fugarse con ese misterioso festejante del que nadie había oído hablar. Es decir, frecuentaba Coventor pues era amigo de la familia. Un hombre bueno, amable, tranquilo...

Lady Catherine estaba destrozada y Malcolm furioso y durante días estuvo de mal talante.

Por fortuna el caballero que casi raptó a su hermana escribió una carta pidiendo perdón por lo que había hecho y solicitando permiso para desposar a la joven Claire y todo tuvo un final casi feliz y respetable. Phoebe no salía de su asombro y también se sentía aliviada, sorprendida de que su cuñada tuviera la suficiente viveza para querer dormir con un hombre, y contenta de no tener que soportar sus cloqueos y chifladuras. Se había llevado su muñeca, eso le había confesado su doncella, y eso también era una buena noticia, nunca le había simpatizado esa muñeca de trapo, tenía una cara tan macabra como su ama. Sonrió para sí preguntándose si habría puesto a su querida Bess en algún lugar de su habitación de su nuevo hogar.

—¿Por qué tuvo que irse así, no podía pedir su mano querido? —le preguntó ella días después durante el desayuno.

Su esposo suspiró.

—Mi hermana no estaba destinada al matrimonio, sufre una tara, no es normal. ¿Qué hombre la querría de esposa? Al parecer ese tonto sí la quería y no se atrevió a pedir su mano pues pensó que no lo aceptaríamos. Por fortuna tuvo la hombría de venir a decirnos la verdad.

Bueno, ahora que su vientre crecía y los malestares habían desaparecido quería disfrutar esa nueva paz junto a su marido. Una tregua, solo eso, tregua de celos, de cuñadas malignas y de todo lo malo.

Fue entonces que ocurrió el siguiente suceso desafortunado.

No esperaba la visita de un familiar, un hombre del que nunca había oído hablar.

Reunirse a solas con ese caballero la hizo sentir incómoda, su esposo había salido y podía imaginar la pelea que tendría por su culpa. No le conocía de nada, además, era un hombre alto: de cabello rubio y sus ojos de un gris acero la observaron con fijeza y de pronto sintió que conocía a ese hombre, aunque no era su pariente, al menos no podía recordarle como tal. Junto a él había un hombre bajo y de cabello gris con mirada sagaz.

—Buenos días, señora Cavendish, disculpe que llegara así sin avisar, me urge hablar con usted... Soy primo de su finado prometido, sir Edward Bentham, lo recordará usted, y creemos estar tras la pista del hombre que lo asesinó—dijo el más joven.

Phoebe miró a uno y a otro y tembló. ¿Acaso no debieron hablar con su marido sobre ese delicado asunto?

Sintió que le lanzaban un cubo lleno de agua fría.

—Buenos días, ustedes no son parientes míos en realidad.

Se miraron algo atribulados.

—Perdone. Soy sir Albert, primo de su prometido y él es el agente Charlton Gresley. Phoebe los miró sin poder disimular la turbación que sentía en esos momentos, turbación agitación y miedo.

—Señora Cavendish, necesito hacerle algunas preguntas sobre lo ocurrido la noche del accidente, sobre los bandidos que asaltaron su carruaje y que luego la llevaron a usted cautiva.

El inspector Gresley era un tipo de mirada despierta, astuto, no tenía sentido mentirle ni engañarle.

¿Y cómo decir frente al pariente de su prometido que fue Cavendish quién la había raptado esa noche?

—Inspector, le ruego me disculpe temo que debe usted hablar primero con mi esposo, él fue testigo de todo lo ocurrido, yo sufrí un desmayo y luego...no recuerdo bien lo que pasó, todo era muy confuso. Temo que no podré ayudarle.

No diría una palabra, sabía que no debía hacerlo, que en algún rincón de su mente sabía la verdad y lo mejor era no revelarla. Además, esa visita no podía ser algo bueno, la muerte de su prometido esa noche había sido algo de lo que no deseaba hablar.

Ellos se miraron comprensivos o cómplices, no estaba segura. Malditos intrusos. ¿Por qué tenían que perturbar su paz? Estaba encinta, era feliz, por primera vez no reñían ni había celos ni tonterías...

—Lo comprendemos señora, por supuesto que debe hablar antes con su marido, sin embargo, le ruego que...—pareció vacilar como si no encontrara las palabras adecuadas— Necesitamos saber si usted realmente vio esa noche a los bandidos que dispararon contra el carruaje provocando el accidente.

No, jamás vio nada y lo dijo.

—Cuando el carruaje dio vueltas sufrí un golpe en la cabeza y me desmayé, al despertar el señor Cavendish notó que sangraba y llamó al médico, no recuerdo más.

Ambos intercambiaron miradas y Phoebe deseó no haber dicho nada indebido, su esposo llegó entonces y ella suspiró aliviada. Traía mal talante y miró a los visitantes con cara de pocos amigos y luego a su esposa, que estaba algo pálida entre ambos.

—¿Qué ocurre aquí? Mi esposa está encinta. Oficial, ¿cree que es de caballeros importunar a una dama en su estado?

El oficial se había acercado a saludarle y su mano quedó en el aire, el otro caballero se puso en guardia y lo miró con expresión hostil. Tenía serias sospechas que apuntaban a ese hombre, la pistola jamás fue encontrada y nadie había visto a ningún bandido. Esa noche solo estaba sir Edward y su prometida, el cochero y un lacayo: los tres estaban muertos y la señorita había desaparecido misteriosamente porque al parecer un grupo de bandidos la había raptado. ¿Y por qué entonces matar a su primo a sangre fría?

El médico que había examinado los cuerpos dijo que el cochero y su primo habían muerto por un disparo en la cabeza, que al parecer testigos vieron que el cochero no vio cierto accidente de la carretera, un animal muerto y venía a demasiada velocidad y que eso provocó el accidente, luego... ¿Por qué si fue un accidente, el cochero y su primo tenían un tiro en la cabeza? La misma arma los mató a ambos. Una trampa de los bandidos, el animal muerto en la carretera, los pillos agazapados...

Sin embargo, nadie había visto a los bandidos, aunque los lugareños dijeron que había una banda de asaltantes de los caminos cerca de ese sendero. Al parecer, no habían robado nada excepto a la señorita Hillton, prometida de su primo. Y esa noche algo había pasado, ¿porque entonces sir Edward llevaba a su prometida no a su casa sino a otro lugar: a Fendon, ¿el pabellón de caza de Merton house?

—Lo lamento mucho señor Cavendish, no hemos querido importunarle, pero comprenda que necesitábamos hablar con su esposa sobre lo ocurrido esa noche, los bandidos...

Cavendish se acercó al inspector con paso rápido.

—Mi esposa no sabe nada de lo ocurrido esa noche, sufrió un desmayo y tuvo suerte de no perder la vida también en el accidente.

Y luego volviéndose a Phoebe le rogó que regresara a su habitación. Ella lo miró vacilante, y notó que su esposo había llamado a Meg para que la acompañara y no podía desobedecerle. Tenía miedo, miedo por Cavendish, no le agradaba ese asunto de la policía; odiaba que fueran a hacerle preguntas sobre esa noche, su reputación... al diablo con eso, su reputación por lo ocurrido esa noche era lo que menos le importaba ahora. Estaba nerviosa y la charla de su doncella Meg no logró distraerla.

En la sala principal Cavendish se enfrentaba al inspector con mucha calma.

—La historia de los bandidos fue para defender la reputación de la señorita Hillton, la llevé a mi casa porque estaba en estado de shock y perdió la memoria. En su estado el doctor que la atendió le recomendó reposo absoluto. No podía moverla ni... Ella no recordaba nada y luego... No podía decirles a sus padres que había estado en mi compañía, nadie creería la verdad.

El pariente de sir Edward lo observó con fijeza.

—¿Y por qué estaba usted esa noche siguiendo el carruaje de mi primo? Coventor está al sur y usted se dirigía al norte.

Cavendish lo miró impasible, se negó a responder las preguntas de ese mequetrefe, no le sacaría la verdad, ni muerto la diría. Ellos no tenían pruebas en su contra, estaba seguro por eso habían ido a hablar con su esposa, tal vez sospecharan. Pero sospechas no son certezas...

—Y luego se casó con la prometida de mi primo, sin ceremonias, a escondidas, al parecer la muerte de mi pariente fue muy oportuna para usted—terció sir Albert.

Los ojos de Malcolm relampaguearon.

—Lo fue para usted, usted heredó su fortuna sir Albert, ¿o me equivoco? Si alguien quería deshacerse del pobre sir Bentham ese alguien era usted, su primo más cercano. No me acuse a mí, yo solo salvé a una dama en apuros, su pariente intentó abusar de la joven en el carruaje. ¿Quiere que todos sepan la verdad? Sir Edward debía llevar a la señorita Hillton a su casa y no lo hizo, desvió la ruta y en el carruaje mi pobre esposa fue atrapada por ese malnacido.

Esas palabras hicieron enrojecer a sir Albert, quien balbuceó que eso era imposible, que su finado primo era todo un caballero y jamás...

Cavendish lo hizo callar.

—Esa es la verdad, inspector, cuando vi lo que ocurría le grité al cochero que se detuviera, entonces cayeron en la trampa y aparecieron esos bandidos, dispararon a sir Edward y al cochero y yo corrí para rescatar a la joven, no tuve esperanzas de que estuviera viva... Afortunadamente los bandidos se habían llevado sus joyas y la dejaron con vida.

La historia era verosímil, sin embargo, a sir Albert le pareció algo descabellada.

—Usted codiciaba a la prometida de mi primo y no dejaba de mirarla, lo recuerdo bien. Estaba como un buitre, al acecho. Y sospecho que se deshizo de mi primo, todo fue muy oportuno ¿no lo cree así?

—¿Acaso tiene la osadía de venir a mi casa a acusarme de asesino?

Sir Albert enrojeció y lo enfrentó.

—Lo acuso y lo sostengo y no descansaré hasta que pague por lo que hizo, no es usted un caballero ni es digno de mi aprecio, todos lo saben. Es un Cavendish, un hijo del mismo demonio, usted deseaba a esa jovencita, la deseaba para usted con la lujuria tan característica de los hombres de su familia. Gente sin honor, pendencieros y...

—Mida sus palabras caballero, no me obligue a retarle a duelo y a matarle como a un perro. Márchese ahora antes de que tenga que lamentarlo.

No tenía pruebas el muy imbécil, sin pruebas, sin testigos jamás podría acusarlo. No había un alma esa noche nefasta y gloriosa... todo había salido sin ser planeado, al menos no iba a tener un resultado tan trágico. Su plan era seducir a Phoebe y luego someterla a chantaje, enloquecerla... Quería evitar esa boda, estaba enamorado de esa jovencita, sin darse cuenta se había obsesionado con ella. Primero furioso porque se había prometido a ese caballero adinerado tan importante y luego... Porque lo ignoraba, cuando habían estado besándose en los jardines algunas veces. La belleza radiante y vital de la joven lo volvía loco y si algo le pasaba...

Los caballeros se marcharon, no volvería a recibirles, sin pruebas jamás podrían llevar ese asunto adelante.

Cavendish fue a buscar a Phoebe; la había notado tensa, y se imaginaba que estaba preocupada, qué visita tan desagradable habían tenido... Inesperada y desagradable. Su pobre esposa encinta, tener que soportar esos disgustos...

Phoebe corrió a su encuentro sin dejar de mirarlo. Él la abrazó y ella lloró en sus brazos. Lo sospechaba, sabía la verdad... en algún momento él se lo había insinuado y ella no había querido creerlo.

—Tranquila preciosa, no temas, todo estará bien, se fueron y creo que no regresarán.

Esas palabras la llenaron de alivio, él secó sus lágrimas y lo miró.

—No llores mi amor, le hace mal al bebé, debemos cuidarlo... no pienses en ese desgraciado, tuvo lo que se merecía.

—Fue un accidente, no pueden culparte de eso, no entiendo... ¿Por qué después de tanto tiempo vinieron aquí a hacer preguntas?

—No lo sé, no importa preciosa, yo cuidaré de ti mi amor, siempre. Estaba furioso esa noche, loco de celos y también preocupado... ese depravado iba a seducirte, yo lo vi con mis ojos, ¡no te dejaba en paz!

Phoebe se estremeció al recordar.

—Fui un perverso Phoebe, no hice más que seguirte, que vigilarte durante meses, planeé seducirte y luego chantajearte para vengarme porque no podía soportar que fueras de otro hombre, que te casaras con otro... Y fui un desalmado, te seduje como un bribón, y luego comprendí cuánto te amaba mi preciosa... y si llegaba a perderte, si te pasaba algo esa noche jamás me lo habría perdonado, cuando vi el carruaje caer temí lo peor... y te rapté...te rapté para mí.

—Deja de culparte, yo también estaba loca por ti, y estuve tan ciega, jamás pensé... siempre fuiste tan orgulloso, nunca me cortejabas ni demostrabas interés por mí. Y tú no eres responsable de lo que pasó, yo quise entregarme a ti, no pude evitarlo, quería que fueras tú... Y te amo Cavendish, te amo tanto, no hablemos más de ese asunto. Debemos pensar en nuestro hijo ahora, en el futuro. Nada puede separarnos ahora, ni tus celos ni nada... confía en mí, te amo con toda mi alma Malcolm y recién tuve tanto miedo, esos hombres hablaban de forma tan desagradable...

Él la abrazó y la besó arrastrándola a la cama. Lo sabía, lo sospechaba y comprendía por qué lo había hecho.

—Nunca más volverá a acercarse a ti preciosa ni a tocarte, no habría boda, serías solo mía Phoebe, solo mía como siempre soñé. Ese hombre era peligroso, jamás te dejaría en paz, estaba decidido a tenerte esa noche, por eso dispensa especial. Era un maldito cretino lujurioso.

Phoebe se estremeció, sabía lo que significaban esas palabras y no quiso escuchar su confesión. Era su esposo, y lo amaba, a pesar de sus celos, de sus locuras de encerrarla a veces...

—Fue un accidente, tú no tuviste la culpa, sé que no fue tu culpa Malcolm. Olvida ese asunto... Tú me salvaste, porque sir Edward...

Phoebe lloró con el recuerdo de esa noche, su prometido había perdido la cabeza, no la soltaba, era un hombre fuerte y ella no podía respirar. Había aceptado sus besos porque le gustaban, era pícara y algo audaz para su tiempo, sin embargo, cuando notó que sir Edward no quería detenerse se asustó. Si Malcolm no la hubiera espiado como hacía muy a menudo, si él no la hubiera seguido esa noche... No quería pensar en eso, no quiso hacerlo.

—Estaba ciega Malcolm, ese hombre... Yo no quería que me tocara, no quería hacerlo y estaba tan aterrada que estaba por desmayarme. No era un verdadero caballero, un caballero jamás...

Él acarició su rostro y la besó.

—Tú me salvaste, entonces no imaginé que me odiaras tanto, no pensé que yo te importara, siempre me habías llamado niñita.

—Tú eras mía Phoebe, mucho antes de seducirte sentí que me pertenecías y que debía cuidarte de ese aprovechado. Te llevaba a su pabellón, a ese escondrijo inmundo donde llevaba a sus amantes y rameras, tú no merecías eso. No eras más que una niña traviesa, tan inocente... Yo lo hice Phoebe, y volvería a hacerlo si un hombre se atreviera a hacerte daño. No me arrepiento de nada, porque el perro estaba vivo... el carruaje rodó y temí lo peor yo... Le pedí al cochero que se detuviera porque quería vérmelas con ese granuja, reclamarle su falta y seguramente volarle la cabeza de un tiro... El cochero no me hizo caso y entonces no vio ese bulto en el camino, un caballo muerto a lo largo, y tratando de evitarlo fue volcó el carruaje. El muy imbécil pudo matarte, iba a demasiada velocidad, y en esos momentos en mi desesperación olvidé todo lo demás y corrí a rescatarte preciosa, no quería otra cosa. Te llevaría conmigo... Entonces él intentó detenerme, me ordenó que te soltara. Sir Edward apenas había sufrido unos rasguños, estaba mejor que tú que no podías despertar. Lo enfrenté y él se rio de mí, dijo que una joven como tú jamás aceptaría ser la esposa de un Cavendish, que mi familia estaba maldita y que solo engendrábamos personas locas y violentas. Que no era más que un tonto mirón y que me mataría si volvía a acercarme a su prometida. El muy imbécil olvidó que estaba hablando con un Cavendish y que la sangre del demonio corre por nuestras venas, y yo te quería preciosa, te quería para mí, mucho más de lo que estaba dispuesto a aceptar y era tal mi desesperación que me deshice del infeliz, le volé la cabeza sin pensarlo y fingí el robo... El lacayo me vio e intentó escapar y le disparé para que no dijera a nadie lo que había visto. No hubo más testigos, el camino estaba desierto, ni un alma...

—¡Cavendish! —exclamó ella, su voz se quebró. Él la besó de forma posesiva y la llevó a la cama, se moría por hacerle el amor luego de su confesión, de decir esas palabras que jamás volvería a pronunciar. Phoebe se dejó llevar por el calor de la pasión, aunque estaba asustada; temía que alguien descubriera la verdad un día, que su esposo fuera condenado por el asesinato de sir Edward. Ella lo había adivinado, todo había sido tan confuso esa noche y, además, no vio a ninguna banda de asaltantes.

No importaba, nada más importaba que estar entre sus brazos, era su esposo, su amante diablo y lo había hecho por celos, para salvarla... porque era suya, lo fue mucho antes de meterse en su cama cuando descubrió que la amaba y que nada podría separarlos. Era un Cavendish y tenía la sangre del diablo en sus venas sin embargo la amaba y siempre la cuidaría... gimió al sentir que la rozaba con rudeza, que la apretaba como si nunca quisiera soltarla... su raptor, su marido, su amante diabólico, estaba atrapada y maldita sea, adoraba ser suya de esa forma, sabía que no habría querido que otro hombre la tocara jamás, que había sido su pasado y era su presente y su futuro. No quería pensar en su vida sin él, no se atrevía y le provocaba angustia pensar en ese secreto, porque ahora ambos lo compartían. Y de pronto pensó que había sido su culpa, que ella había provocado la muerte de su prometido y se estremeció mientras él la inundaba con su simiente y suspiraba aliviado, lleno de placer. Ella lo abrazó temblando, exhausta y satisfecha sin dejar de pensar en esa revelación...

—Has cambiado preciosa, has dejado de ser la pícara coqueta que corría en su caballo para espiarme en Coventor—le dijo.

Tenía razón, había crecido, él la había cambiado y cuando meses después nació su primogénito, un robusto varón sufrió un ataque de celos cuando el médico debió intervenir en el parto, porque el niño no podía nacer porque era muy grande y su madre estaba exhausta.

Nunca dejó de sufrir esos celos feroces y cuando reñían él le recordaba que era un Cavendish.

Y Phoebe se rindió, el nacimiento de sus hijos y su carácter autoritario y celoso terminó con su rebeldía. Tenía dos niños que cuidar, Rupert y Christine y pasaba gran parte del día atendiéndolos. Las fiestas y reuniones sociales ya no le interesaban, en ocasiones visitaba a sus padres y a sus antiguas amigas, aunque jamás volvió a lucir escotes y aceptó que jamás pudiera salir sola de Coventor. La llegada de los niños no moderó sus celos y parecía temer que ella planeara abandonarlo de un momento a otro, como si fuera tan audaz, ni siquiera lo pensaba.

Y los momentos juntos seguían siendo los más maravillosos y no tardó en estar nuevamente encinta.

Nadie volvió a mencionar la misteriosa muerte de sir Edward, y su heredero se casó meses después y su esposa falleció en el parto. Decían que la mansión de Merton house estaba embrujada por el alma de su primo que no descansaba en paz, lo cierto es que años después el heredero se quebró el cuello mientras cabalgaba y la herencia pasó a su hermano menor.

Phoebe recordó con cierta añoranza sus días de juventud, cuando espiaba a los mozos y se besaba con Malcolm a escondidas. Despertaba miradas a donde fuera, y todavía llamaba la atención a pesar de no usar escotes ni rizarse las pestañas. Su hija Christine se le parecía, aunque tenía el cabello rubio de su abuela, y desde pequeña le gustaba presumir en la nursery o cuando iban a visitarla sus primos varones. Su esposo lo notaba y dijo que de ser papista habría enviado a la niña a un convento. Intuía que en el futuro la pequeña le daría dolores de cabeza como su madre en los tiempos que coqueteaba con otros.

Era feliz, se había casado con el hombre que amaba a pesar de que nada fuera como lo había planeado. Vivían en paz, sin la sombra de sir Edward y con sus niños y Cavendish. No tenía esperanzas de terminar con sus celos sin embargo sabía que la amaba y que su amor vencería todos los obstáculos.

Don't miss out!

Visit the website below and you can sign up to receive emails whenever Cathryn de Bourgh publishes a new book. There's no charge and no obligation.

https://books2read.com/r/B-A-DJN-NOEJ

BOOKS 2 READ

Connecting independent readers to independent writers.

About the Author

Cathryn de Bourgh es autora de novelas de Romance Erótico contemporáneo e histórico. Historias de amor, pasión, erotismo y aventuras. Entre sus novelas más vendidas se encuentran: En la cama con el diablo, El amante italiano, Obsesión, Deseo sombrío, Un amor en Nueva York y la saga doncellas cautivas romance erótico medieval. Todas sus novelas pueden encontrarse en las principales plataformas de ventas de ebook y en papel desde la editorial createspace.com. Encuentra todas las novedades en su blog:cathryndebourgh.blogspot.com.uy, siguela en Twitter o en su página de facebook www.facebook.com/CathrynDeBourgh

Read more at cathryndebourgh.blogspot.com.